有爱的青春陪伴者

说喜欢你，可以吗？

I like you

戚悦 著

贵州出版集团
贵州人民出版社

图书在版编目（C I P）数据

说喜欢你，可以吗 / 戚悦著. -- 贵阳 : 贵州人民出版社, 2020.5
ISBN 978-7-221-15941-0

Ⅰ. ①说… Ⅱ. ①戚… Ⅲ. ①长篇小说－中国－当代 Ⅳ. ①I247.5

中国版本图书馆CIP数据核字(2020)第017599号

说喜欢你，可以吗

戚悦 / 著

出版统筹：陈继光
选题策划：大鱼文化
责任编辑：胡　洋
特约编辑：周丽萍
装帧设计：颜小曼　西　楼
封面绘制：札小札
出版发行：贵州人民出版社（贵阳市观山湖区会展东路SOHO办公区A座 邮编：550081）
印　　刷：长沙鸿发印务实业有限公司
开　　本：880×1230毫米 1/32
字　　数：181千字
印　　张：9
版　　次：2020年6月第1版
印　　次：2020年6月第1版
书　　号：ISBN 978-7-221-15941-0
定　　价：36.80元

贵州人民出版社微信

目录

c o n t e n t s

目录

c o n t e n t s

楔子

“我的梦想，不是和你并肩战斗，”穿着中性，帅气得雌雄莫辨的年轻人站在竞技赛的主舞台上，目光如炬，紧紧地盯着站在台下的男人，“而是成为超越你的存在！”

台下的男人环抱着胳膊，立在原地，嘴角带着若有似无的笑意，双唇张开却没有发出声音，做出一个口型：我等你。

Chapter 01

你该不会是什么
隐藏大手？

天已经大亮，奚恋从床上惊醒，抓起手机一看，屏幕上显示AM8：00。

啊！糟糕！糟糕！

怎么睡得这么晚了！再不起床，今天的训练又要迟到了，待会儿体能教练估计要把她骂得狗血淋头。

奚恋一个鲤鱼打挺从床上翻身而起，早上的五公里热身慢跑还没做，跑完估计也得九点多了，应该还赶得及上午的训练。只不过，不知道又要被罚多做几组练习了。

奚恋跌跌撞撞下了床，来到白色的大衣柜前，胡乱地扯出自己乱七八糟的衣服。运动服……运动服在哪儿？找不到啊……

忽然，奚恋的动作戛然而止，瞬间定格，像是手机里正在播放着的电影被按下了暂停键。

她的目光落在自己的左手臂上，浅麦色的肌肤上有一道长长的疤痕，从小臂一直绵延到无名指处，像是一条丑陋不堪的蜈蚣攀爬在上面，真丑。

对哦，忘了，自己已经不用再去训练了。

奚恋颓然地坐在床边，目光微微有些呆滞。也许不能说是呆滞，而是不知所措，觉得自己的眼神不知道放在哪儿更合适，只能静静地望着一个地方。

窗帘被屋外吹进来的风扬起，有刺眼的晨光入侵了房间。奚恋觉得眼睛有些痛，里面含着被刺激而泛起的泪水。她放松下手指搁在膝盖上，手紧握成拳头，又渐渐地松开。

她想到自己最喜欢的电影里的一句话——“有时你就是无能为力，伤口太深，离骨头太近，也许是断了一条血管，或者你就是无法让止血药深入里面，在肌肉的不同层次，你会遇到不同的问题。但弗兰基全都知道怎么解决，他是世界上最好的伤口护理师。”

奚恋好不甘心，却无能为力。这个世界上，不可能真的有一个弗兰基出现在她的面前，帮她处理好让她苦不堪言的伤口。

半年前，奚恋还是个有着雄心壮志的不平凡的女孩儿。她拥有一个在别人看来很疯狂的理想，就是帮自己的父亲实现他未完成的梦想——成为一名世界级别的拳王。

当然，这不仅仅是因为她的父亲，从小奚恋就是看着父亲的比赛长大的，只要看到父亲站在拳击台上，她就会兴奋、冲动、热血沸腾。

虽然母亲一再警告，不让她和父亲一样，做这么危险的工作，但从十岁开始，她就从未停止过训练，还找到了父亲曾经的恩师拜师。

奚恋是有天赋的，加上刻苦，她知道，等成年之后，便可以站在拳台上，迎接一次次的胜利或者是失败。父亲曾经告诉过她，输掉比赛也是一种享受，实际上更重要的是过程。

一个月前，奚恋满十八岁，却再不可能站在拳击台上。

半年前的一场车祸，并不算太严重，没有夺去她的生命，却撞伤了她最重要的左手。虽然治疗后不影响日常生活，却令她再也无法戴上拳套，在擂台上挥汗如雨。

奚恋站起身，双脚分开，双肩放松，双手做出准备动作。拳击不只是蛮力的较量，节奏与技巧也很重要。

直拳！侧拳！上勾拳！闪避！

左臂有些使不上力，奚恋再一次倒在床上，重新将自己埋进被子里。啊，不如继续睡觉。

"咚咚咚！"

激烈的敲门声响起。

"干吗啊，睡觉呢！"奚恋冲着房门不耐烦地大喊了一声。

"恋恋！"那人直接推开了奚恋的门冲了进来，大步走到床边，一把掀开被子。

那是一张很英俊的男生面庞，和奚恋的脸竟然有着七八分的相似。

"奚宇，你要做什么……"奚恋不满地从床上爬起来，一脸郁闷地望着面前的堂哥。

"好了好了，半年过去了，你的颓废期也差不多该过去了吧？"奚宇拉着奚恋起床，"快来陪我打游戏，这个游戏你肯定喜欢！"

奚宇强硬地拉着奚恋来到电视机前，连接游戏盒子，递了一个游戏手柄给她。

奚恋看了一眼，是前几年很流行的一款格斗类的游戏，叫《荣耀拳王》。当初这款游戏刚面世便风靡全球，奚恋也不是消息闭塞的人，自然是听说过的。

不过这种虚拟的人物手动一动都能放炮的游戏，到底有什么好玩的？能和真正的拳击相比吗？

拳击……对于奚恋来说，是一种信念！

可不是这种小孩子的玩意儿可以比的！

“恋恋，你不会看不起《荣耀拳王》吧？这款游戏可是正经的电子竞技项目！也算是体育赛事！每年都有许多不同的杯赛！可不比你们的拳击差，我们中国的第一——“拳神”不遇，超超超……帅！”奚宇夸张地说道。

“你说他哪里帅？是游戏里的人帅，还是他本人帅？”奚恋知道，奚宇只是想要她重新振作起来。虽然她知道自己内心的伤并不是一款游戏就可以平复的，但她也不好拂了奚宇关切自己的好意，于是在他的身边坐下。

奚宇打开游戏：“当然是……都很帅了！你知道吗？他的粉丝可不比现在任何一个‘小鲜肉’演员少！拥有一批死忠亲卫队呢！”

奚恋还是一副兴致缺缺的样子，奚宇却突然想到了什么。

“待会儿再玩，待会儿再玩！”奚宇拉住奚恋的手腕，“今天拳神有比赛，我们看比赛吧！”

拳神……这么夸张的绰号让奚恋忍不住觉得好笑。

知道现实中的拳坛，一个人要得到“拳王”的称号，要多久吗？

奚宇关闭游戏盒子，将电视调到游戏直播频道，和奚恋两个人并排坐在一起，看电视。

“哇！不遇现在竟然落后！”奚宇惊讶地说道。

确实，奚恋仔细一看电视屏幕，场上是五局三胜制的比赛，不遇现在已经输了两局，正在进行的是第三局的比赛。

而每一局游戏可以派三个游戏人物上场，这个时候的不遇已经折损了两个人，剩下的这一个也已经只剩下了一半的血量，而对方还有两个人。

这么明显的劣势，怎么看这个所谓的大神也是输定了吧？看来，这个人并没有奚宇说得那么厉害，完全是夸大了。

可一旁的奚宇似乎并不着急，笃定地说道：“拳神翻盘分分钟！他会赢的！”

“我觉得不可能，他都这么惨了。”不知道是不是出于逆反心理，还是她觉得这样的局势实在让人觉得无望，奚恋摇了摇头，不同意奚宇的话。

奚恋觉得，场上比赛的形势，其实很像自己，已经输了太多，被逼到绝境。可世界上，哪有那么多的绝处逢生？她不认为这样的自己会有再翻盘的机会，也不认为处于绝境的不遇会有翻盘的机会。

游戏画面的左下方和右下方都有一块较小的正方形画中画，分别是比赛双方的容貌。

奚恋的目光落在不遇的那个画面上，那个男人看上去年纪也不大，二十三四岁的样子，穿着米白色的带帽衫，帽子扣在头上，双手放在前方，正在不停地操作，神色专注，侧脸很完美。

看来……奚宇对不遇真人容貌的描述，确实没有什么夸张的成分在里面。

不遇真的很帅，肤色很白，鼻梁高挺，轮廓分明，剑眉入鬓，眼睛不算太大但是非常有神，眼角微微下垂形成一个很有魅力的弧度，稍稍往上抬起看人的时候，好像会释放出一种独特的荷尔蒙，让人怦然心动。不遇的左眼下方有颗不大但很清晰的泪痣，更是衬托出他的几分性感。他打比赛的时候很认真，喜欢抿着双唇，看上去有些翩翩佳公子的气质。

不遇的手指很好看，修长干净，骨节分明。从他打游戏的时候随意放松的长腿和胳膊，也能看得出他的身材比例很好。

这和奚恋认知中的只会打游戏的游戏宅男，是完全不一样的，甚至真的达到了可以去当模特或演员的程度。奚恋觉得可惜，老天给了不遇这么一张脸，他却在这里打游戏。明明可以靠脸吃饭，却偏偏要走这种“歪门邪道”！

就在奚恋恍神的时候，不遇已经操纵着自己半血的游戏角色，在没有遭到任何攻击的状况下，就直接KO了对方的一个角色。

“翻盘好戏开始啦！”奚宇对奚恋眨了眨眼睛，一副“你看好了”的表情。

但就算是KO了一个角色又如何呢？半血对满血，不遇的胜算，也还是很小的。

“行，我们就打个赌，如果不遇翻盘了，我就陪你一起打游戏！”奚恋点点头，双手托着下巴，好奇地继续观战。

一个这么糟糕的开局，真的能够翻盘吗？就像她的人生，拿到了一手稀烂的牌，会有绝地反扑的机会吗？

奚恋完全不相信不遇有这样的本事能残血打赢这场比赛；也不相信自己还会有什么好运，能够将这糟糕的人生彻底翻盘。

不知道为什么，她总是不由自主地将自己糟糕的人生和不遇这场糟糕开端的比赛联系在一起。

只见不遇操纵的游戏人物一个技能打过去，却被满血的对手格挡住。不遇没有丝毫的停顿，直接冲过去一个从上到下的下劈，对方的血量少了一点点却立刻起身反击，不遇一下子被对方一记重拳打中，也掉了一格血。

“以血换血，在这样的状况下，对不遇不太有利啊！”解说有些遗憾地说道。

奚恋这个时候还不认识不遇手里操纵的这个角色，只知道是个手里拿着一把剑穿着中国风大红色的裙子，女孩子。

虽然解说口中很多陌生的专业术语她也不是很懂，但也能听得出，那个激动的解说员，似乎也在为不遇而着急。果然是全民大神，所有人都在为了他这一战而紧张。

奚恋也不由自主地紧紧握起了拳头，目不转睛地盯着电视屏幕。

两个人打得你来我往，血量都在一点一滴交替下降。很显然，不遇的对手准备这样一点点地、稳稳地磨掉不遇的剩余血量，毕竟现在他才是那个占优势的人。

不遇操纵的红衣少女后退了两步，对方似乎准备一搏。毕竟他输了，不过是输一局，如果不遇输了，则是满盘皆输。

红衣少女做出一个格挡的姿势，血条又下降了半格，变成了真正的“一丝血”。

奚恋的心脏在胸腔中不停地狂跳着。结束了吧？只要对方稍稍碰他一下，这场比赛就结束了啊！

看一眼屏幕下方的选手，如果不是对上了姓名，还真的分不清到底是谁落后。

不遇的对手满脸紧张，急得额头上直冒汗，不遇却十分冷静，好像处于劣势的人不是他一样。

真是让人好奇，这样的淡定，是不遇真的对自己有信心，还是虚张声势？

只有一丝血的红衣少女突然发出一剑，稳准狠地刺中了对方选择的那个壮男角色。之后便不知道发生了什么，壮男突然停顿，红衣少女上前，一脚踹向对方。壮男被踹飞，不遇的对手无法操作，紧接着红衣少女直接开启爆发模式，飞跃起来，将对手击倒在地上，并没有给对方任何起身反击的机会，毫无破绽的一连串 Combo（连击），打得那人毫无还手之力，直接被连击击败。

KO（knock out 击败）！

屏幕上闪烁出两个巨大的字母。

看着一串帅爆了的动作，全场的欢呼声震耳欲聋。这真是一次令人难忘的极限大逆转！是一定会被载入精彩时刻的一次比赛！

一丝血的红衣少女站定在原地，摆出一个帅气的姿势，用手轻轻地掸了掸自己的裙角，俏皮地眨眨眼。这是属于这个角色的胜利动作，淡定得好似操作她的那个男人，即便是胜利也毫无波澜。

奚恋猛地从沙发上站了起来，奚宇愣了一下，抬起头来望着奚恋脸上的表情。

赢了！

不遇靠着自己最后一丝血，赢下了这一局比赛！奚恋瞪大了眼睛，有些难以置信地望着电视屏幕。

“僵直（角色受到攻击之后一定时间内无法动作）！不遇用梅林打出了一个非常短的僵直判定，但就在那一瞬间，那么一眨眼的工夫，他准确地抓住了这个机会，爆气之后一套连击，成功将对方 KO！大比分一比二！这就是大神！这就是《荣耀拳王》的神！极限翻盘！”

解说激情四射的话语令人更加激动。

奚恋只觉得自己身体里被冰冻起来的血液，似乎再次沸腾了起来。她原以为能够让自己这样火热、血脉偾张的事只有拳击，没想到，这小小的电子竞技，竟然也能有这样大的魅力！

奚恋好像有点儿明白了，明白这个游戏为什么会吸引那么多人为之疯狂，为什么能达到开展职业比赛的程度。

不到最后一秒，你永远不知道会发生什么。

这个游戏，也是如此。

即便是全程逆行，你也可能在最后的时候，凭着一丝血，凭着自己的一丝意志，赢得胜利。

所有人都激动万分，唯独屏幕左下角的不遇相当淡定，只是抬起手腕，在自己的脚边拿起一瓶矿泉水喝了两口，因为比赛还没有结束。

不遇依旧淡定而认真，但大家几乎能够猜到最终的结果了，已经掌握了对方所有动态习惯的大神，后面的比赛赢得很轻松。

三比二，后面剩下的两局里，不遇一局未失，没有再给对方一丝机会。

屏幕上继续播放下一场两位选手的比赛，可奚恋已经完全没有心思去看了。

“跟我说说，这个游戏……怎么玩？”奚恋认真地望向奚宇，拿起一个游戏手柄。

奚宇不由得轻轻勾起嘴角，心中庆幸，终于有什么能再一次引起奚恋的兴趣了。

“这个游戏，虽然是一个人操作，但手里操纵的虚拟人物进行的却是团队赛，也就是游戏对战双方，分别可以选择三个不同的人物进行比赛。每一小局比赛有六十秒的时间对战，六十秒内血量较低或者被打掉全部血条直接 KO 的一方为输，那个人物就不能再上场，输掉的选手派第二个人物上场，赢了的人，还能继续延用上一局赢了的那个人物，不过血量也延续上一场的。就这样，直到谁的三个人物都出局，没有可以再出战的人，谁就输了全局。所以会经常出现一穿三的场面，也就是厉害的选手只出一个人物就会打掉对手的三个人！”奚宇仔细地给奚恋讲解游戏规则。

奚恋点点头，简单来说，就是用自己的三个人物，把对方的三个人物一个一个击败就好了，赢了的人可以继续站在擂台上。

规则倒是挺有意思的，和真正的拳击比赛不一样，性质却又是一样的，最后站着的人，就是胜利者。

奚恋也不是完全一窍不通，游戏什么的她以前也玩过，只是她有更重要的训练，因此也并没有太深入去研究那些游戏。不过她现在握着手柄打起游戏来也有模有样。

在奚宇的调教下，奚恋渐渐地掌握了这个游戏的技巧，手指在手柄上翻飞。

左手的上下左右控制，加上右手的 X、Y、B、A 四个键，却能组合出不同的连招，远比想象的上拳、下拳、左右勾拳要难多了。当然，这也引起了奚恋的兴趣，更投入游戏之中。

拳击看上去是个很鲁莽粗犷的运动，实际上也有细腻的一面，随时观察对手最细微的动作，注意对手的习惯性动作，在别人还未来得及出拳的时候，便及时躲避或者是反击。

而奚恋在当初进行拳击运动的时候，培养出的好习惯，竟然在游戏里统统用上了。

仔细观察对手，对游戏里的人物，其实也是一样的！每个人在做出不同动作准备进行一连串动作的时候，都会有不同的习惯。

比如奚宇，每次操纵人物准备腾空，压制她上方的时候，会有个坏习惯，就是一定要先后退一点，再进行下一步的动作。这可能是一个无意识的操作，因此，奚恋每次都会在他后退的时候抓住机会主动出击，反压制他的上空，将他打倒在地，接着是一串虽然新手但非常实用的 BC 连击，直接打到他完全起不来。

起初奚宇的游戏人物被奚恋的游戏人物按在地上使劲打时，他还有点儿反应不过来，而后又重新选人，表示自己的角色太吃亏。可最后奚宇发现，不论换成什么角色，奚恋都能够将自己的人物成功 KO。

“哎呀，不玩了，不玩了！恋恋，你不应该是新手吗？怎么这么厉害啊？”奚宇不满地哼了一声，往后一仰，干脆躺在了沙发上，“你该不会是什么隐藏大手，实际上在耍我吧！”

“你想多了，我真的是第一次玩好吗？”不管怎么说，赢了别人的感觉，还是超爽啊，奚恋的脸上终于洋溢出了久违的笑容，她已经好久没有感受过这种酣畅淋漓的获胜的喜悦了，“你露出的破绽太多，习惯性的小动作也太多，想打败你，太容易了。我还是再和电脑打两局吧。”

竟然被堂妹鄙视了，奚宇无比郁闷，却又有些惊喜。没想到奚恋竟然这么厉害，会不会有一天，她也能去打职业比赛？

Chapter 02

绝不放弃
就是"刚"！

奚恋终于重新振作了起来，每天不再过着颓废的日子，却突然变成了网瘾少女，沉迷于游戏。《荣耀拳王》原本是一款主机游戏，但随着网络日渐发达，光靠主机已经不能够满足消费者，所以便出现了PC联机版的《荣耀拳王》。

奚恋现在玩的正是《荣耀拳王》线上版本，令人吃惊的是她进步的速度。短短一个月，她就直接从一个小菜鸟打到了全服50强，成为不少人都熟知的励志人物。

昏暗的屋子里，少女坐在椅子上，放下手柄，稍稍往后靠了一些，捶了捶自己的肩膀，让肌肉放松下来。刚刚在游戏里，她再一次打败了对手，积分增加三点。

因为奚恋的全服排名已经很高，因此她与比她排名更低的选手对战，也得不到太多的积分。就算是这样，她也不会拒绝别人的挑战。一旦她上线，便会有源源不断的人来挑战。这种应战，再击败对手的感觉，令奚恋热血沸腾。

奚恋正想关机，好好休息一下，却看到从屏幕的左下方跳出来一条私聊，是刚刚输了的那个人发来的消息。

【私聊】[我狂我傲娇]：我去！是恋恋不语大神！不语大神，我是个新人，能不能传授一点技巧？

【私聊】[恋恋不语]：不用这么客气，我也是新手，只是……以前有点相似的经历，所以上手比较快。

奚恋一直认为自己游戏打得比较好，是因为这么多年来在拳击运动上的训练所得到的成果，很多东西都是融会贯通的，学以致用便能够起到关键性的作用。

【私聊】[我狂我傲娇]：大神，在这里打字太麻烦了，介不介意去 YY 开麦聊天？

【私聊】[恋恋不语]：可以啊。

【私聊】[我狂我傲娇]：好的呢！大神豪爽！YY 频道：19931015，房间名是“一拳定乾坤”哦！

奚恋暂时退出游戏，打开了 YY，进入房间。

没想到房间里的人还真不少，有些已经在屏幕上刷奚恋的游戏名了，看上去都很期待她到来的样子。因为《荣耀拳王》不似一般的 RPG 游戏，人与人之间的交流并不多，奚恋也不太习惯去和别人插科打诨，但她也不是自闭，因此有人主动示好，她还是很乐意与别人交往的。

“喂，你们好，我是恋恋不语。”奚恋开麦略带笑意地说道。

“女的？”

“女声？”

“不对啊！大神肯定是开了变音器吧！”

“大神是男声啦，你们听不出来吗？只是有点像女孩子而已。”

“不语，你不要装女孩子了。”

“你们在说什么？”奚恋听到他们的话，奇怪地皱起眉头。

奚恋的声音确实比普通女孩子的稍微低沉一些，但正常说话还是能听出是个女声。除非她刻意压低嗓音，才会变得雌雄莫辨，这群人怎么怀疑起她的性别来了？

“大神，你不要再假扮女孩子啦，哪有女生打《荣耀拳王》的？就算是有极个别玩《荣耀拳王》的，那也是小菜鸟中的小菜鸟，怎么会像你这么厉害。当然啦，如果是大神你本身的声音就很像女孩子的话，明确地告诉我们你是男生，这样大家比较自在啦。因为我们玩游戏经常会遇到一些人妖，故意骗装备，所以对男生假扮女生这种行为，都没有什么好感啦。”“我狂我傲娇”在那头委婉地说道。

“我不是假扮的，我就是女生！怎么，你们还玩性别歧视这一套？”奚恋明确地表现出自己的不悦。

“是不是代打啊？”

“要不然就是大家以为她是女孩子，所以一直让分？”

“不至于吧，又不是每个人都会让女孩子。”

“我就说不靠谱吧！”

听到这群人叽叽喳喳的话，奚恋头大又火大。这种事情她之前不是没有遇到过，之前练拳击的时候，她就经常碰到那些时常将“拳击是男人的运动”这样的话挂在嘴上的人。

奚恋每次都忍不住向对方宣战，可对方看她是个小女孩，连光明正大地和她站在擂台上竞技的机会都不会给她。

好不容易有这样不受性别、年龄任何东西限制的无差别的竞技比赛，奚恋是万万没想到，她竟然在游戏里也碰到了这样的事情！但也不可否认，刚刚在YY频道里，她确实连一个女孩子的声音都没有听到。这个游戏的受众群体，女生较少，但也不代表他们就能这么歧视女性玩家吧？

这个世界上那么多厉害的女孩子！有人游戏玩得好，不是很正常吗？

奚恋气哼哼地将“我狂我傲娇”拉黑，正准备下线，却看到游戏的信箱里有一封新邮件。她顺手打开，原本以为只是什么垃圾邮件，其实也只是想按熄这个黄色的标签而已，却在看了里面的内容之后，突然蹦了起来！

是QRhero的教练发来的一封邮件，邀请她去参加QRhero俱乐部新赛季《荣耀拳王》的试训。

QRhero是一家老牌游戏俱乐部，涉猎的游戏比较广泛。《荣耀拳王》这部分虽然算不上是最好的团队，不能和不遇所在的顶级俱乐部DM相比，只能算得上是中流水平，但对于奚恋来说，已经是莫大的惊喜了。毕竟她接触《荣耀拳王》才一个多月的时间，竟然就收到了职业队的邀请！

刚刚的坏心情一扫而空，奚恋连电脑都来不及关闭，仿佛是一只欢快的小燕子，直接一个滑翔，欢呼一声，从房间里跑了出去。

奚妈妈正在做晚餐，迎面看到奚恋一脸傻乎乎的笑容朝她冲过来，然后抱住她就在她的脸上猛亲一口。

妈妈看着女儿神经兮兮的样子不由得有些被吓到。

这怕不是玩游戏玩傻了吧？之前她还觉得奚宇带着奚恋玩游戏，让这丫头重新振作了起来，现在看来……

她是不是应该更重视一点了？

"妈，奚宇哥在家吗？"奚宇家就在奚恋家隔壁，关于收到邀请这件事，她当然要第一个告诉奚宇了！

"在吧……"奚妈妈的话音刚落，奚恋又一阵风般地朝奚宇家冲了过去。

奚宇看到奚恋无比兴奋地朝自己冲来，赶忙张开双臂，接住这个几乎要"飞"进自己怀里的人，大惊失色："臭丫头干吗呢？"

"奚宇哥！"奚恋哈哈大笑三声，"奚宇哥，我收到职业队的邀请了！"

"真的假的？你别是被骗了吧？"这当然是奚宇的第一反应。

"应该不会吧，对方没有要我给钱，而且……给了我这个地址。你看，是不是 QRhero 战队的地址？"

奚恋和奚宇在网上查了一圈，发现那封邮件上的地址，还真的是 QRhero 战队总部的具体地址。而且两人再三确认了，发给奚恋邮件的那个账号，真的就是 QRhero《荣耀拳王》战队分队教练的账号，绝不是骗子。

“这还真的是啊！奚恋！你马上要成为职业选手，和拳神比肩了啊！”奚宇惊喜地说道。

和拳神比肩什么的不敢说，不过奚恋攥紧拳头，心道：自己不是一无是处，自己还可以再打比赛，还可以……离拳神更近一点。

于是，奚宇决定陪着奚恋一起去 QRhero 报名这次的试训。

作为哥哥来说，奚宇从介绍奚恋玩《荣耀拳王》到后面渐渐发现奚恋在这个游戏上是非常有天赋的，再到现在甚至有职业战队向奚恋抛出橄榄枝，有意向吸纳她为自己旗下的职业选手，能让奚恋走出痛苦的阴影是他应该做的。不论怎样，他都会无条件尽自己所能，帮助他的小妹妹。

奚恋没怎么出过家门，QRhero 的总部在 B 市，从奚恋他们所在的 N 市到 B 市坐高铁也需要四到五个小时的时间，奚宇自然不放心让她一个人去。

奚宇牺牲了自己的两天假期，陪着奚恋去了 B 市。

抵达 B 市，两人便直接前往 QRhero 的总部，没有一点耽搁。毕竟这次他们来这儿的主要目的，就是为了进入 QRhero 俱乐部的试训。

奚宇与奚恋抬头仰望着这栋高耸的大楼，QRhero 的俱乐部总部所在地。除了训练营在这里，整个公司的运作，所有的工作人员都在这里，看上去还真挺高大上的。

“走，进去吧。”奚宇拉着奚恋，走进大厦。

“报名试训？”前台小姐问。

“对，我们是来报名试训的。”

奚宇从前台拿了一张报名表递给奚恋，奚恋认真地填上一些主要的个人信息，交给了前台的妹子。

前台小姐让他们先回去等着，如果有消息会通知他们。

奚恋原本还在纠结到底是应该先回N市，还是留在B市等着结果，之前也忘了多问一句，什么时候会给通知，结果QRhero那边打来电话，直接让他们过去了。

“看起来QRhero还挺重视你的。”奚宇这么跟奚恋一分析，两个人猜测一番，觉得可能是奚恋在报名表上写了自己的游戏名，得到了重视。

果然不错，奚恋与奚宇一进入QRhero的训练基地报出自己的名字，便由前台小姐领着他们来到领队周森的训练室。

“你就是奚恋？”领队周森朝他们走过来，可说话的对象竟然是奚宇，他微笑着伸出手。

“我是奚恋。”奚恋上前一步说道。

周森微微一顿，显然有些惊讶：“恋恋不语？”

“对，我是恋恋不语，就是您之前给我发了邮件。”奚恋点了点头，“我叫奚恋，这个名字也不算太男性化吧？”

周森稍稍沉默了下来。

“请问……有什么问题吗？”奚恋看出了周森的欲言又止，显然是有什么异议。

“一般来说，基地里还是招收男练习生比较多，你现在的水平不算好，但我看重的是你是个可塑之才，还有发展的机会。”

“是啊，这和我是男是女有关系吗？”

“那我也明人不说暗话了，这不是性别歧视，但女孩子的发展前景确实不如男生，我对你的价值，也需要重新评估一下。”

“职业赛场上也不是没有女孩子！”奚恋不认同地说道。

“那是一些剑走偏锋的队伍，他们大多是用女性职业选手来吸引一些粉丝的注意力，提高自己俱乐部的名气。但我们是传统队伍，”周森稍稍沉默了一下，“奚恋小姐，我知道你心里可能不太舒服，但如果是女孩子进职业队的话，你现在的能力，还不够。”

换而言之……就是她现在的能力，如果是男孩子的话，就可以进训练营训练提高成绩；但如果是女孩子，就会被默认为没有发展前途，必须要能力更强才能得到肯定。

“如果你是真的很喜欢《荣耀拳王》这款游戏的话，可以考虑一下其他的岗位，我们这边也有经理人和助手的职位……”

“不用了。”奚恋摇摇头，“麻烦您了，我们刚刚已经浪费了不少彼此之间的时间。我就告辞了。”

“这也太过分了！”走出 QRhero 的训练中心，奚宇愤愤不平地说道，“这就是性别歧视啊！”

“算了，哥……”连续遇到两次这样的事情，奚恋也算是看透了。但看明白了，不代表奚恋就会认命，“我不会放弃的！”

不会放弃成为一名职业选手！或者说，如果不是连续两次遇到这样的事情，奚恋还不会这么坚定自己一定要当职业选手的信念。

而她现在想要做的，就是想要站在《荣耀拳王》职业比赛的舞台上！

没想到奚恋会是这样的态度，一旁的奚宇稍稍松了口气。原本他还怕小丫头因为这件事自暴自弃，又恢复到之前被打击的样子呢。

“没事儿，不就是一个 QR 嘛！”奚宇抬手拍了拍她的肩膀，“我听到消息，说两个月后，DM 会大面积地招人呢！刚好 DM 在 N 市，你去参加也方便！”

“好啊！就去 DM！”去有不遇大神的地方！奚恋用力地点了点头说道。

当然，这个时候的奚宇只是随口这么一说，并没有真的想过奚恋能够加入 DM 俱乐部里。

DM 俱乐部，不只是《荣耀拳王》，而是整个游戏圈子里公认的豪门级别的俱乐部，虽然打着开放海选的旗号，但它的门槛，也不是随便一般人能进的。

Chapter 03

惊天大消息!

结果 DM 的春训还没有来，便有一件更大的事情，轰动了整个格斗游戏的圈子，甚至可以说是整个游戏圈。

不遇宣布退役！

知道这个消息的时候，奚恋还在努力地把自己的全服排名从 46 名努力打到 45 名……

“为什么？”不遇的年纪虽然不算太小，但也远没有到退役的程度，更何况他现在明明是在技术的上升期，现在退役？未免也太可惜了吧！

奚恋手里拿着手机，低头不停地刷着各种游戏微博的消息，但都是各种猜测。除了对外宣布自己退役之外，其他的什么话不遇都没有说，而他所在的职业队也没有发表任何相关言论。

到底为什么要退役？奚恋想起自己经常观看的那些不遇的比赛视频里，当他打游戏时，那双眼睛里透露出的光芒。

他对游戏的那份执着、那份热爱，绝不是假的！

过去……有人曾经说过，一个人的眼中，有星辰大海。奚恋还觉得这话实在是又夸张又好笑，直到她看到了专注于比赛的不遇，看到了他那双暗褐色的眸子里闪烁出的光彩。

那一刻，她才明白，什么叫眸中星辰，一眼万年。为了能够打好游戏，奚恋可没有少看不遇的比赛视频，这个人也渐渐地成了她的男神、偶像，是她想要努力追赶的人。

奚恋的很多技巧都是通过观看不遇的视频学来的，她现在最擅长的角色，也是不遇压箱底的绝招人物，就是那个穿着红裙子的中国风少女——梅林。

可是现在，奚恋一直为之努力奋斗的目标，竟然突然宣布退役。

她一时间觉得自己还不太能接受消化这个消息。

当天晚上，奚恋坐在电脑前，一遍遍地循环播放两个多月前她初次看到的那场不遇的比赛。她脑子里好像想了很多，却又好像放空了什么都没想。

那场决定了她今后人生方向的比赛，或许对不遇来说只是一次很普通的比赛，但对她来讲，却太重要了。这个世界上，有很多事情就是这样，对你来说，可能只是一个无意识的举动；但对另一个人来说，可能无比重要。

“咚咚咚！”

这时，外面突然传来敲门声。

“恋恋。”奚宇的声音从门外响起，带着一丝担忧。

“哥……我没事，只想自己一个人待一会儿。”奚恋其实还好，倒是不至于因为不遇的退役，而再次颓丧。

不过要说不遇退役，对她完全没有影响，那也是不可能的。

曾经是自己精神支柱的人，突然就这样退役了，再也见不到了。奚恋攥了攥受伤的那只手，暗自做了一个决定。

日子就这样一天天地过去，在这个网络时代，信息更替的速度，甚至是你一天没刷微博就会有种脱离社会的感觉。

所以，一个月之后，当时爆炸性的“不遇退役事件”已经悄无声息，几乎无人再提起了。

与此同时，DM 俱乐部的《荣耀拳王》春训班也已经开启了。报名时间只有十天，因为 DM 总部就在 N 市，所以对于奚恋来说，也没那么着急。

不过想到之前因为性别的关系碰壁……

奚恋就忍不住开始琢磨了起来，有没有什么办法，能让自己先隐瞒身份，然后在打败他们成为真正的拳王之后，再公开自己的性别，狠狠打这群人的脸，让他们知道女孩子也能站在拳王的位置。

要不然……就像小说里的大神一样，从不露脸？不过这显然不太可能啊，就算是观众看不到她，俱乐部的教练、队友，总不可能也隐瞒。

奚恋的这种想法，其实有些天真，但不知道怎么回事儿，关于这件事她越想就越觉得可行，便越想要办成。

直到那天奚宇来找奚恋切磋技艺：“不行，你今天让我半管血，我一定要打败你！”

可是奚恋没有动，就一直这么盯着奚宇那张与自己很相似的脸看着。

“干吗呢？”奚宇被奚恋盯得有些发毛，摸了摸自己的胳膊，伸手在奚恋的眼前挥动了两下，“中邪了啊？”

“我有主意了！”奚恋突然从沙发上跳了起来。

“奚宇哥，身份证借给我用一下吧！”

“嗯？”奚宇不明白奚恋的用意，看她这么一惊一乍的，有点儿奇怪，“你要干吗？”

“我要去参加 DM 的春训！”奚恋解释道。

“啊？”奚宇诧异地望着她，没想到小丫头竟然真的动了这个念头。DM 的门槛太高了，有多少人削尖了脑袋要挤入，年年都去参加，可年年都被刷下来。《荣耀拳王》的业余选手，全服第十的那个 KEO 就是最惨的例子，没有之一。

小丫头很有可能就被挡在 DM 门外，之前一重又一重的打击，奚宇其实不想奚恋再尝到被拒绝的滋味了。

“你真的要去啊？”奚宇问道。

“去啊！哥，你别担心，我不怕被刷下来的！而且你知道的，春训不是 DM 最终签约的名单，应该没有那么严格！”就算是知道 DM 的要求很高，奚恋还是决定去试一试。

“那好吧，我支持你，这次要我陪你吗？”奚宇点点头。不管怎么说，他都支持奚恋的选择。

“不用了！你把身份证借我就好了！”奚恋朝他摊开手。

“你什么意思？”奚宇拍了一下奚恋的手掌，微微有些疑惑地望着她。

“嘿嘿……我想，以你的名义去报名参加春训。”奚恋说道，“我是想以你名字去报名，最后等赢了比赛，我再公开自己是女生的事情，让他们吓一跳！”

“你真是想一出是一出，”奚宇摇了摇头，“你以为演电视剧呢？”

奚宇看了看奚恋，奚恋一米七三的个子，在女孩子中算是比较高的了。因为过去十年里她一直做运动练习，身材也是恰到好处，肌肉紧实，浅麦色的肌肤因为这几个月一直闷在家里打游戏，所以变得白了几分，但总体来说……

如果剪掉头发穿上束胸假装男生，那真的比古装片里那些一眼就看出是女扮男装的女主角强多了。

“我不管，我要试一试！”奚恋坚定地望着奚宇。

“那好吧！”奚宇叹了口气，反正她也不一定就能成功，到时候再想着怎么安慰她好了。

奚宇回家去拿身份证的时候，奚恋钻进了浴室里捣鼓。她剪了自己的长发，所以等奚宇从家里拿着身份证来的时候，看到的就是奚恋这么一脑袋狗啃似的头发。

“你可得了吧！赶紧跟我去理发店，太难看了！”

奚恋被奚宇生拉硬拽到理发店。

奚恋其实是挺无所谓的，本来还想让发型师干脆给她来个莫西干发型，然后漂个奶奶灰，结果被奚宇义正词严地拒绝。

用奚宇的话来说，太刻意追求男性化，反而会被识破。其实奚恋只是觉得那个发型很帅而已。

最终奚宇给奚恋选了一个半长的碎发，然后全部染成栗色，允许奚恋挑染了两撮蓝色过过瘾。

洗剪吹染一通之后，奚恋再从理发店出来，摇身一变，成了个漫画里走出来的美少年。她这头发，还真的和漫画里的那些男孩子差不多，零碎的发丝，不短不长，用发蜡稍微抓一抓很容易就定了型。

算是一个比较中性的发型，配合着奚恋一双漂亮的大眼睛，怎么看怎么是个很乖巧的男孩子。

“OK！怎么说以后也要顶着‘奚宇’这个名字了嘛！”奚宇笑了笑，拍拍奚恋的肩膀，“够帅了！”

奚恋直接给了他一个白眼，敢情搞了半天，还是为了自己的形象着想啊！

奚宇将自己的身份证递给奚恋。奚宇的身份证还是十六岁的时候办的，有效期十年，虽然时隔三年，奚宇已经长得人高马大，但照片里三年前的他依旧是清秀可爱的。

十六岁的奚宇和十八岁的奚恋，乍看之下几乎就是一个人，特别相似。如果只是肉眼观察，奚宇敢说，没人能认得出，这证件照里的他和现在的奚恋是两个人。

奚恋回家之后，那一脑袋“毛”把妈妈吓了一跳，不过倒是也觉得很好看。之前是怕女儿因为喜爱拳击这种对抗性比较激烈的运动，会过于男性化，一直要求她留长发，现在……

既然拳击都不能再打了，发型爱怎么弄是不可能再限制她了，于是在奚恋家长这里，她这形象就算是通过了。

也没多想，奚恋第二天就直接去了DM俱乐部的报名地点。

到了DM俱乐部，奚恋张大了嘴巴，一脸的惊愕……

她终于知道了，什么叫豪门俱乐部，之前QRhero那完全是小巫见大巫，根本不值得一提啊！

她抬起头，望着直冲云霄的大楼，楼层外面是一层耀眼的金属玻璃板，阳光之下，显得熠熠生辉，仿佛被圣光笼罩一般。

听说这一整栋大楼都是DM的，而且……

DM俱乐部，不同的游戏分部都有属于自己的训练室，特别像是《荣耀拳王》这种不需要团队配合的项目，更是一个人一间宿舍，每个人都配有助手和教练。

财大气粗啊！可恶的有钱人！

不过越是到了这种地方，奚恋就越是紧张，更何况奚宇这次还不能陪着自己了，她只能独自打气。

奚恋鼓起勇气走了进去，没想到来到报名处，已经有不少人坐在那里等待着了。

看上去都是和她差不多大的孩子，有些可能才只有十五六岁，让她有些失望的是，还清一色的是男孩子。

“你也是来报名的吧？”一个比奚恋还矮了半个头的男孩子笑眯眯地走过来。

“嗯，我……不太知道怎么弄。”奚恋对他笑了笑，说话的时候，自然是刻意压低了嗓音，让自己的声音听上去更像男孩子一些。

结果对方还真的一点儿怀疑都没有，虽然掩人耳目了吧，但奚恋还是不由得怀疑，自己就这么不像个女孩子？

“没事儿，咱俩一起！我叫林晓展！”

“奚……奚宇！”险些脱口而出“恋”这个字，幸好她反应够快，及时地将这个字给收回来了。

“奚宇，很好听的名字。”林晓展嘿嘿一笑，“先去那儿填表，待会儿应该就会安排我们打比赛了。”

“这么快？”奚恋没想到刚来就要打？

“对啊，DM做事一向这么干脆利落，十天的时间报名，来了就打，也不只是看谁输赢，可能也会看看战术意识什么的，然后再由教练选三十个人进入春训集中营集训。集训大概三个月的时间吧，到时候会安排比赛，确定最终签约的队员。”

还真的是过五关斩六将，很不容易啊。奚恋在心中默默感叹了一句。

“你好像对这个流程很熟悉啊。”奚恋一脸崇拜地望着林晓展。

林晓展摸着后脑勺，嘿嘿笑了一声，连连摆手道:“没什么没什么，就我哥是 DM《英雄联盟》分部的职业选手。”

“哇！游戏世家！”奚恋玩笑了一句。

“你们几个可以进来了。”一个看上去气场很强大，一身职业 OL 装，戴着眼镜，化着浓妆的御姐朝等待的几个人轻轻扬了扬下巴。

大家背着包，纷纷走了进去。

“你用的是什么摇杆？”林晓展凑到奚恋的耳畔问了一句。

“嗯？”奚恋眨了眨大眼睛，不太明白地摇摇头，“什么？”

每个人一台电脑，大家已经并排坐定了下来。

“你们可以用自己的摇杆，如果有不方便、没带的，可以过来我这里领取一个。”御姐望着大家说了一句。

这句话一出，几乎是在场所有的人，都从自己的包里掏出了自己常用的摇杆。之所以说是几乎……

那是因为屋子里还有一个人两手空空……这个人，就是奚恋。

所谓摇杆，其实就是街机遥控的那块长方形板面，左边是方便手握的操纵杆操纵上下左右，右边则是六个或者更多的按键，一般的姿势是板子放在腿上，左手握摇杆，右手敲击按键。

但是……

奚恋虽然知道有这种操纵摇杆，也知道不遇他们这些大神平时用的也是这种器材，但她平时都只是用比较方便收放的游戏手柄。

“你需要吗？”御姐走过来，看了奚恋一眼。

“抱歉……请问……有手柄吗？”奚恋涨红了脸，稍稍有些不好意思地问。

屋子里有些人发出窃笑，奚恋不由自主地微微低下头，知道这些笑声，是在笑话她的不够专业。她垂在身侧的手，下意识地攥紧。

奚恋毕竟才接触这款游戏几个月，而且她几乎所有时间都是泡在了对战平台，和别人打比赛，对其他的部分了解得并不算太多。

知道这些俱乐部什么的，也是因为经常看不遇的比赛才了解到的。

奚恋仔细回想一下，好像确实如此，所有的比赛里，那些职业选手用的都是摇杆，并没有见到有人用手柄。

原本以为这只是个人选择，事到如今奚恋才恍然大悟，原来这算是职业选手的标准配备……

不，或许应该是稍微厉害一点的业余玩家都会有的设备吧。

“一般来说，摇杆比起游戏手柄可以更好掌握操作的细节，更能放得开，也有更好的手感，我建议你可以试一试摇杆。”御姐一直冷若冰霜的脸，竟然挂起了淡淡的微笑，向奚恋解释，“当然，如果你觉得自己用手柄更自然的话，我们是不会限制你用什么游戏方式的。只是很抱歉，我们这里并没有给选手准备游戏手柄。”

“我有，我有！我平时用来打其他游戏的！”林晓展突然叫了起来，从自己随身的蓝色背包里拿出一个彩色的手柄朝奚恋跑了过去。

林晓展跑到奚恋的面前，一边将自己的游戏手柄递给奚恋，一边低声道：“加油哦！”

“谢谢！”

御姐的一视同仁与林晓展的帮助，令奚恋从刚才小小的自卑里走了出来。

她闭上眼，深吸一口气。事到如今，只能走一步算一步了。

比赛开始！

屋子里现在有二十个人，三局两胜制，每个人要随机打五场比赛，也不知道自己到底会碰到什么对手的。

新建账号，奚恋在取名时稍稍停顿了一下，接着输入“不服”两个字。

听上去……好像有点儿嚣张，但她这次来的目的，不就是因为骨子里的那股不服输的劲儿吗？

而且……不服、不遇，听上去……好像有那么一点儿意思。

确定之后，奚恋进入游戏，她双手握紧了手柄。说不紧张是假的，不过……她不会因此而退缩的！

三个小时后，奚恋的比赛结束了。

林晓展的比赛时间比较短，两个半小时便结束了五场比赛，他在外面等了一下奚恋。

将手柄还给林晓展，奚恋又说了一次谢谢。

林晓展抬起手来揽住奚恋的肩膀："说什么呢！大家好兄弟嘛！你今天的比赛怎么样？"

"五局两胜，也不知道怎么样……"奚恋有些不安地回。

"哈哈哈……那我们差不多嘛，我五局三胜！而且你还是用手柄的，已经很厉害了！"林晓展哈哈大笑地回答。

看来他们两个都是一半对一半，要听天由命了。

两个人坐在外面，蹭着DM的空调，又叽叽喳喳地聊了一会儿今天比赛的心得，分享了一会儿出招和压制不同对手的独门秘籍，直到御姐从训练室里走出来赶人。

"奚宇，我们留个QQ号吧！"林晓展大方地说道。

奚恋自然不会扭捏。

总体来说，奚恋的心情还算是不错的。比赛算顺利地结束，没有被人看出破绽，还交了一个个性不错的好朋友。

之后的日子，便是等待。

要等报名时间结束之后，DM的教练组汇总一下，选出自己认为有实力以及有潜力的队员。

虽然奚恋知道比赛的胜负结果，似乎并不能影响到他们是否能够加入DM，但输得多，肯定是没机会了。她只赢了两场，感觉怎么算也胜算不大了。

听天由命吧！她自暴自弃地想着。

在等待结果的期间，奚恋买了传说中的摇杆，她将其放在大腿上，连接上了电脑，当场就试用了几下。

真的是不试不知道，试过之后，才知道摇杆的控制力确实比手柄要强太多了。不过也因为摇杆的灵敏度高于手柄，奚恋之前大开大合的操纵动作，也要收敛着一些，于是，她相当于要重新开始训练，为了新的器材来适应游戏。

日子一天天地过去，奚恋偶尔也会在 QQ 上和林晓展聊会儿天或者是两个人相约切磋一下，包括奚恋买来的摇杆也是林晓展推荐的。

大概是半个月之后，林晓展终于收到了 DM 的试训通知。

而奚恋这边，却依旧没动静。

一连又等了好几天，她心里想着，大概是落选了吧。面对这个结果，说不难过是不可能的，但她也并没有因此灰心。

不如继续适应摇杆的操纵方法，明年说不定可以入选。

这个世界上的事情往往就是这样，在你信心满满的时候给予你打击，却也会在你灰心失望的时候，给予你一点希望。

奚恋接到 DM 的通知时，还在和一个操纵技巧较劲。自己用摇杆动作的时候，因为还没有适应它的灵敏度，所以总会下意识地缩手，谁知道久而久之，就变成了一个坏习惯。

奚恋心里正烦躁着，手机响了也没有去看屏幕，粗声粗气就接了：“喂！”

“你好，请问是奚宇吗？”那边传来的声音很平稳，是个女声。

“呃……您好，您好。”奚恋一下子就听出来了，这个声音的主人，是那个御姐啊！

“请您务必在2月4日之前，来DM大楼的训练中心报到，地址待会儿我会发短信过去，逾期则视为自动放弃名额。”御姐依旧像是个冰冷的机器人，一字一句地说着。大概是她这些天已经将这些话语说到麻木了，所以非常流畅，却毫无感情。

“所以说……我接到了这个电话，就是……我通过了的意思，是吗？”奚恋还有些难以置信地反问。

“没错。”御姐简单明了地回答。

“Oh，my god！”奚恋一下子就从自己的电脑椅上跳了起来，竟然还冒出了一句夸张的英文。

电话那边的御姐都轻笑了一声，这么有意思的小孩子，其实不太多见了。来基地训练的小孩，多数是以功成名就为目的，哪还有人抱着玩游戏的初心？

特别是《荣耀拳王》这个项目，甚至和别的游戏不一样，连个队友都没有，与人交流便更少了。

嗯……如果那个人还没有退役的话，说不定这个叫作奚宇的小孩儿是可以跟他说得上话的。

御姐通知完毕，挂断电话。

Chapter 04

因祸得福，
代理教练是男神！

奚恋只觉得这一刻自己像是做梦一样，心简直要飞上天。虽然之前设想过种种，自己可能进入DM的春训啊什么的，但当这块大蛋糕真的砸到自己头上的时候，她还是被砸了个晕头转向。

她兴冲冲地跑过去告诉奚宇这个天大的好消息的时候，奚宇只觉得……难以置信！

“真的让你这个臭丫头成功了！”奚宇望着奚恋，兴奋之后，便是担忧，“你可别忘了，你是用我的身份证去参加的选拔赛！”

“这有什么！我就继续用你的身份呗，怎么着，你还觉得我会丢你的脸不成？我可是进入了DM春训的人啊！”奚恋扬扬得意。

“你可别得意，DM是什么团队，你就算能进入春训，也不代表就真的能签约DM俱乐部。”奚宇虽然也不想打击奚恋，但怎么说，还是不要让奚恋太过得意，以免希望越大失望越大。

没错，进入春训也并不代表就能成功进入DM俱乐部。春训为期一个月，一个月之后，就有选拔赛，大概会有三十个队员参加，选拔的名额不定，会根据练习生的技术水平，视情况增加减少，但一般会在十个以内。

也就说，三十个人里，最起码你需要保持在前十的排名，才有可能留下来。

这绝对不是一件容易的事情，去参加DM比赛的，都是什么人？奚恋之前比赛的时候，也已经接触过。她输的那三场比赛里，甚至有两场是被彻底压制，连一小局都没赢过。

但，这就是比赛啊……

奚恋想起父亲曾经对自己说过的话，弱小固然不可耻，可耻的是明知自己弱小，还不勇往直前付出比别人更多的努力。

如果甘于平凡，就不要抱怨；如果不甘于平凡，那就努力。

奚宇自然不会拦着奚恋，毕竟能参加DM的春训已经是非常了不起的事情。

奚恋的父亲整天混在拳击训练室里带学生，只可惜他从未打过拳王赛，所以教出的学生实力也都非常有限，几乎不可能达到职业巅峰。尽管如此，他还是很认真地当着这个拳击教练，每天早出晚归。在比赛快要开始的时候，甚至几个月都可以不回家。奚恋的母亲虽然有所抱怨，但这么多年来，也早就习惯了。

奚恋是很少见到父亲的，她拎着行李，转过脸看了一眼熟悉而又温暖的家，她在想：下次回家，与父亲相遇的时候，或许就可以拿着自己得到的成绩，对他说“嘿，老爸，你看，我也是拳王了”。

行李箱在地上拖动，发出“咕噜噜”的响声，因为用的是奚宇的身份证，为了不引起注意，奚宇也只能将奚恋送上车。

好在 DM 的总部就在 N 市，奚恋也不算离家。

来到训练基地，迎面就看到了之前见过面的那位御姐。今天的她依旧穿着职业装，踩着尖鞋跟的高跟鞋，环抱着双臂，走起路来腰背挺直，相当有气质。

“小奚！”林晓展背着一个大包，看到奚恋，直接朝她跑了过去。

“晓展！”两个人在 QQ 上已经聊得很熟了，经常还会切磋“武艺”，自然是站在了一起。

御姐走过来，统计核对了一下人数，果然这种机会是没有人会舍得放弃的，三十人全员到齐。

“你们好，我叫倪凰，是DM训练基地的负责人之一，虽然被叫‘主管’，但也只是个打杂的。希望你们知道自己来到DM训练基地的目标，同时不要松懈，春训会刷多少人下来，想必你们应该很熟悉 DM 的规矩了。哦……有一件事要提醒你们，过去 DM 的春训大概会收十个人，但是近年来，你们也知道《荣耀拳王》这款游戏的群众基础在日渐流失，所以……这一次 DM 的《荣耀拳王》部分，只会收五名新人。”

倪凰这话一出，自然引起了一片骚动，所有人的情绪都不由得更紧张了起来。

“所以，珍惜这一个月的时间吧，这可能是你们离 DM 最近，也是唯一的一次机会。”倪凰毫不留情，一点儿也没有开口安慰他们的意思。

“只收五个人，形势越来越严峻了啊。”林晓展叹了口气，轻轻摇了摇头。

“万一不成，来年再努力呗！”奚恋低下头，轻声对林晓展说道。

“不不不，我不是在说能不能进 DM 的事情。”林晓展摸了摸自己的下巴，解释道，“我是在担忧《荣耀拳王》的未来。”

一款游戏从兴到衰是很正常的事情，虽然让人为之叹息，可是迎来第二春的游戏也不是没有。

“连 DM 这种豪门俱乐部，都降低招收训练生的数量，可见现在《荣耀拳王》的形势有多不乐观了。今天收五个，明年还收不收人，都是未知数呢。不过这些也不是我们可以改变的事情，我们一起加油吧！”林晓展抬起手轻轻拍了拍奚恋的肩膀，露出了狡黠的笑容，“以后就是队友、朋友，可……也是对手了。”

结果奚恋万万没想到，竞争竟然从第一天就开始了，倪凰给每个人分配好宿舍。

DM 很“壕”，即便是春训的选手，也都是住的单人间。这也让奚恋松了口气，女扮男装的事情，看来是不会暴露了。

等放好行李，倪凰就直接召集大家聚在了训练室里。

“今天打一场循环赛，结束后会根据你们的排名给你们安排教练和助理。”倪凰低头，看着手里的名单表格，一点儿没客气地说，“安排的教练的水平会根据你们的排名状况来确定，没其他好说的，一切凭实力说话。大家加油吧。”

《荣耀拳王》这个游戏和普通的游戏还有些不一样，不需要团队合作，每个人之间都是竞争对手的关系，因此，俱乐部的存在价值就不再是培养出最有默契的团队。

更类似于经纪公司一样的存在，安排最适合选手的教练，合理安排选手进行各种商业比赛、表演赛以及各种重要杯赛，时间上不会产生冲突，主次分明。

DM 的资源是最好的，可以给每位选手配备一名专属教练和助手。

奚恋和林晓展对视一眼，互相加油。

比赛结果出来，实力本就在所有人里处于中下水平，并且又紧张又不太熟悉摇杆控制的奚恋，毫不意外地垫了底。

“哎呀……我的成绩也不太好，二十四名。”林晓展也感叹了一句。

虽说两个人半斤对八两，但奚恋这个第三十名的末尾名次，还是让她不由得红了脸。

哪怕是早就有了心理准备，但没有人会希望自己排在最后一名。

一旁有几个小男生明显也是认识的，有人认出了奚恋就是那天唯一一个用手柄参加比赛的人，于是窃窃私语，露出不屑嘲讽的笑容，没想到这么不专业的人，竟然也会进入春训。

奚恋低着头，双颊泛热，那边倪凰已经开始招呼大家去见自己的教练与助手。

电竞行业朝气蓬勃，从选手到教练，统统是一群十几二十岁的年轻人。

大家很有共同语言，没一会儿就叽叽喳喳地说到一起去了，聊的不仅仅是《荣耀拳王》，还有许多别的生活工作方面的事。

而奚恋面前的……

“你就是奚宇？我是你的教练裴子浩，别看我年纪大了，也是因为我技术过硬，到现在还没退休呢！”裴子浩拍了拍自己的胸口，豪爽地笑着。

“明明是自己死皮赖脸，说一定要培养出下一个不遇才赖着不走的吧。”倪凰经过裴子浩的身边，轻声说了一句。

裴子浩看上去四十几岁的样子，好像比起自己的父亲也小不了几岁。不过听着倪凰的话，奚恋竟然也对他生出了几分好感，因为她觉得这个人和自己的父亲很像，都希望带出厉害的人物，因此还一直在为自己的信念而努力。

裴子浩应该是早期接触《荣耀拳王》的那一批人吧，能够坚持到今天，也真的是将梦想变成了一种信念。

“我我我、我是……是……你、你以后的助理。我……我叫谢、谢丹丹。”

跟上来一个个子小小的女生，戴着一副快要和酒瓶底一样厚的眼镜，小心翼翼地说着话，声音轻到和蚊子差不多。

奚恋有些绝望地转过脸去，看了一眼林晓展的方向，他的教练是一个个子很高的男生，看上去高大清爽，二十岁刚出头的样子。助理的年纪也不大，但也是一脸精明干练的样子。

没有对比，就没有伤害啊！奚恋深吸一口气，好吧，一切都不是问题。

他们或许……没有自己想的那么不靠谱，电影电视剧里不都是这么演的吗？其貌不扬的人，反而特别厉害，是藏在民间的武林高手。

结果第二天开始训练的时候，奚恋就知道自己似乎期望值太高了一些。

其他人的位置上都已经坐好了教练、助理、选手，大家都纷纷开始熟悉彼此，准备制订今后的训练计划。而她的周围根本没有任何人！冷冷清清，教练和助理居然都把她晾在这里。

谢丹丹匆匆忙忙地从外面跑过来，气喘吁吁地来到奚恋的面前："宇、宇哥……"

"怎么了，叫我小奚就行了。"奚恋看她跑得很辛苦，肚子里的怨气，也就少了几分。

"那个、那个，裴教练家里出事了，裴教练的妻子突发心脏病，裴教练赶回去陪她了。"

"哦……"这种不可抗力因素，奚恋也知道是没办法的事情，可心里多少还是有些无奈。为什么这种事情，偏偏叫她遇上了？难道是老天故意在整她，让她进了 DM，却和没进 DM 也差不多？

“不过，你别着急，”不知是不是看出了奚恋的沮丧，谢丹丹赶忙补充道，“临走之前，裴教练给了我一个地址，他说……他说，他可能会有一段时间不能回来，所以让我们去找他以前带过的那个选手，让那个选手……帮忙，代替他当一段时间的代理教练。”

“哦？那个人不当选手了吗？”

“好像是说前不久退役了。”谢丹丹说着，手忙脚乱地从口袋里拿出那张裴教练给她的字条，却发现字条湿了一大半，她脸一下子又涨得通红，“那个……那个可能是早上洗脸的时候，不小心弄湿的，我、我是想着，千万不能弄丢了，一定要贴身放好，结果……”

果然是个马大哈……奚恋叹息了一声，将那张字条拿过来看了一眼。

还好上面写的地址还能看清楚，就在N市，就是有些看不清那个人的名字。对着光，奚恋认了半天，才认出了这个人的姓。

“姓……这个是骆？不对是路什么……”奚恋拿着字条，努力看了半天，也没看清楚那个人名字的后两个字，只能看得出是路某某。

“既然地址没错，那我们快去找他吧！”谢丹丹有些期待地说道。至少……要拿出一个助理的样子啊！

奚恋转过脸，看了一眼全都进入训练状态的队友们，深吸一口气，点了点头。也只能这么办了，这个人毕竟是曾经当过职业选手，就算再弱，也比她强吧，应该还是可以学到不少经验！

虽然心里还是觉得自己惨兮兮，本来被分配到一个年纪最大、压箱底的教练也就罢了，居然连这个教练也出了事，沦落到现在要去找一个刚刚退役、从来没有当过教练的人来教她。

奚恋决定马上就去，和谢丹丹两个人一起，反正……不管那个人实力怎么样，她不能在这里干等着浪费时间。

这个路先生住得挺偏远，奚恋与谢丹丹坐了一个多小时的地铁，有些昏昏欲睡。

到达了地点，奚恋和谢丹丹被地铁外的风一吹，渐渐清醒了过来。

看着面前一栋栋的三层独立别墅，奚恋眼睛都直了。怪不得地点这么偏，敢情……这住的是别墅啊。

“原来电竞选手能赚这么多钱，买这么大的房子？”奚恋露出羡慕的表情。

“唔……也许本身就是富二代吧。”谢丹丹眨巴了两下大眼睛继续说，“纯电竞选手的话，除了大神级别的，还是很难有这种收入的。”

“不管怎么样，我们先去吧！”奚恋和谢丹丹对视了一眼，互相肯定地点了点头。

顺着门牌号码倒是很容易就找到了那个地址。从外面看起来，这栋房子的装修很简洁，银色的围栏，没有设门禁，轻轻一推就开。走进去，是一栋白色的别墅，大门被漆成朱红色的。

奚恋抬手按响门铃，门铃发出清脆的“叮咚”声。

按了一会儿，奚恋和谢丹丹便站在外面等着了，不便一直按门铃打扰别人。只是等了好一会儿，门里都没有传来任何的动静。

怎么回事儿？难道是不在家？

就在奚恋和谢丹丹都奇怪的时候，大门的门锁终于发出了响动。

睡眼惺忪的男人，动作非常缓慢地开门，一只手推开房门，另一只手轻轻地抓了一下微乱的碎发，表情动作甚是慵懒。

男人赤裸着上身，露出紧实的肌肉、完美的线条，吊在腰上的裤子拉得稍稍有些低，刚好看得到他两边的胯骨与人鱼线。

奚恋不由自主地吞了吞口水，目光缓缓向上移动。那是一张很熟悉的脸，英俊到令人发指的程度，高挺的鼻梁，深邃的双眸。第一次这么靠近了看，让人不禁觉得他的五官更深刻了几分，仿若罗马雕像里的美男子，却也没有那么夸张，还是亚洲人的气质更胜一筹，看上去是个纨绔子弟、闲散公子。

“啊！”奚恋终于不由自主地冲着那张脸大叫出声。

男人俊眉蹙起，露出相当不耐烦的表情，“嘭”的一声，直接关上了大门，将外面的两个人关在门外。什么人啊，不认识……

奚恋瞪大了眼睛，还觉得有些难以置信，她……她刚刚看到什么了？

奚恋机械地缓缓朝谢丹丹转过脸去：“你……你刚刚看到了吗？”

谢丹丹也同样机械地朝奚恋望过去，吞了吞口水。

“啊啊啊！”

“啊啊啊！”

两个人面对面地惊叫了起来。

“是不遇啊！你有没有看到？是不遇大神！”

“我看到了，我看到了！真的是不遇！”

“最重要的是，还是没穿衣服的大神！”

奚恋攥紧了拳头，在原地来来回回地转了好几圈，怎么也没办法压抑住胸腔中怦怦乱跳的心脏。

是不遇！真的是不遇？她是在做梦吧，为什么来找自己的代理教练，却看到了不遇大神！

Chapter 05

请你当我的
教练吧!

“不遇的真名叫什么？”奚恋拉住谢丹丹，想要问清楚。

除了赛场上的事情，奚恋一向不太喜欢去触及偶像的私生活。“私生饭”什么的，真的是非常讨厌的存在。

谢丹丹平时也并不八卦这些，所以只能缓缓地摇了摇头，露出茫然的表情来。

奚恋赶忙掏出手机，开始搜索不遇的真名。结果发现男神还真的藏得很深，找了很久，才找到一篇关于不遇的报道，是很早之前，可能是不遇刚出道的时候，做的采访。所以，在游戏名的后面，加了一个真实姓名，用括号括了起来。

路遇生……

路遇生就是不遇！而裴子浩要她找的那个临时代理教练就姓路，而且是刚刚退役没多久。

种种条件联系起来，浮出水面的真相叫奚恋目瞪口呆。

不是吧！原本她以为很废柴又鸡肋的教练裴子浩，竟然曾经是不遇的教练，而且还让她找不遇当代理教练？

果然是真人不露相，露相非真人啊！她还以为这种“扫地僧”似的人物，只有在电视剧里才会出现呢！

神啊！这种峰回路转犹如过山车一样的剧情，一定是她上辈子拯救了银河吧！

“你们到底是什么人？”路遇生再次开门，上身已经套上了一件白色T恤，头发散乱蓬松，显得随心所欲。他微微抬起眸子，望向奚恋，等待着她的回答。

他的睫毛好长！双眼皮好好看！近看左眼下的那颗泪痣更性感！

路遇生没有听到回答，便再一次准备关上门。奚恋惊了一下，赶忙伸出手撑在门前，干脆利落地说：“大神！请你当我的教练吧！”

路遇生轻轻挑了一下眉头：“你从哪里知道的地址？”

“哦，那个……那个是裴教练、裴教练让我来找你的。”奚恋从来没有觉得自己说话这么不利索过，一旁本来说话就结巴的谢丹丹，此刻已经完全不会说话了。

“裴教练？哪个裴教练？”路遇生眉头轻轻一扬，疑惑的表情看上去并不像是在开玩笑。

呃？奚恋眨了眨大眼睛，顷刻又眨了眨。不是吧？！

裴子浩不会是耍她们的吧？她就说，裴子浩哪有这么大的能耐能教不遇，现在看来，又是说大话，别人根本都不认识他！

“裴子浩！你应该记得吧？我是新一届DM的春训生，裴子浩原本应该是我的教练，但是他妻子突发疾病，没有办法再教我了，所以给了我你的地址，让我来找你，请你指导我。那个……那个，我想，如果裴教练不认识你的话，应该是不会知道你的地址的吧？”奚恋生怕路遇生再直接将她们关在门外，干脆利落地将所有的事情统统说出来。

说清楚了应该会比较好……说不定，还有戏。

“哦，我想起来他是谁了。”路遇生点了点头。

虽然路遇生这话说得云淡风轻，但努力回想“裴子浩”这三个字的过程，勾起了他多年前初出茅庐的记忆。

当初的路遇生也不过是个空怀梦想的少年，他家境殷实，算得上是个富二代。可能很多人都会以为，富二代玩电竞那肯定比普通人更容易，实际上并不是这样。

路遇生家里有钱，是从祖上就起来的名望氏族，而非做生意白手起家的暴发户，因此对孩子并没有宠溺，而是管教严苛。路遇生从小表现也很好，直到他十几岁遇到《荣耀拳王》。

路家到了路遇生这一代，只有他和弟弟两个人。而他的弟弟因为年纪小，所以多少还是有几分骄纵、叛逆、不听话，于是各方面优秀的路遇生，便成了家族最为器重的孩子。

就在所有人以为他会有所作为的时候，路遇生却选择了成为一名电竞职业选手，自然是受到了家人的极力反对。可他早已拥有自己独立的思想，想要做的事情，别人反对也没用。

而路遇生走的这条路，并非一帆风顺。比如他第一次参加试训因为过度紧张和急于表现自己而打得一塌糊涂，比如他被家人停卡又没有经济来源只能整夜坐在二十四小时营业的快餐店里。

就在路遇生最无助的时候，DM 的老板王灿烈在 N 市的一家网吧遇到了他，就此他便莫名其妙地加入了 DM 战队。那个时候路遇生还以为是自己打动了王灿烈，也以为自己是真的有实力。直到后来他成功了，才得知王灿烈在网吧将他带出来的时候，是知道他身份的，所以出于仁义，他自然是不能将路家大公子丢在外面自生自灭。

裴子浩正是当时王灿烈带路遇生回 DM，安排给他的第一个教练。只是当时傲气如路遇生，有自己的一套打法，也会自己分析对手，除了一定的数据支持，他不想要任何的教练来干涉自己的训练计划。

被路遇生拒绝的裴子浩当时也没有生气，反而是看着路遇生自己做出训练计划与分析，笑意盈盈地说出了路遇生这一生听到的第一句对他选择打游戏表示认同的评价。

裴子浩说："你会成功的。"

之后路遇生和裴子浩便没了什么交集，他几乎忘了这个人，却永远也忘不了裴子浩对他说的那句"你会成功的"。

奚恋听到路遇生说认识裴子浩，心中立刻燃起了希望。哇，真的有可能获得路遇生的指导吗？那她……那她就真的，说不定可以登上《荣耀拳王》的冠军宝座了！

"不过，我拒绝你的要求。"路遇生淡淡地回应，目光移到奚恋撑着门的那只手上，"手可以拿开了，我要关门。"

“拜托！”奚恋眨了眨水汪汪的大眼睛，卖了卖萌，做出一副委屈的样子，“拜托大神，你有什么要求，尽管提！”

路遇生不由自主地拧起眉来：“我觉得你……”

“我我我……你觉得我这个人怎么样？”是不是她锲而不舍的精神感动了大神？

“我觉得你……有点儿恶心。”路遇生不紧不慢地说道。

奚恋一口气差点儿没憋死，万万没想到路遇生竟然这么不给面子，毫不留情地怼她。

明明记忆中的不遇大神，应该是宠辱不惊、云淡风轻的贵公子，怎么真正出现在自己面前的时候，画风完全就变了呢。

好毒舌啊……

“一个男孩子卖什么萌？男孩子要是真可爱那是很好的，要是装可爱那就是很讨厌的行为。你就不能有男孩子气概一些？”路遇生补充了一句。

啊！奚恋差点忘了，自己现在应该是个“男生”！

虽然奚恋从小的愿望是成为拳王，也从小练肌肉、体能，性格豪爽。但她发自心底的，还是个软萌的妹子，喜欢毛绒玩具，喜欢精致的饰品，喜欢粉红色。更何况刚刚遇到男神，小丫头的少女心又加重了几分，就眨了几下星星眼，没想到就被嫌弃了。

“你这是刻板印象，是不对的！我们男孩子，也可以可爱的嘛！”奚恋强硬的语气，说着说着变成了小心地试探，“就像……如果有个女孩子打游戏打得特别好，你会因为她是女孩就觉得一定是假的，这成绩不是她自己打的，或者觉得她潜力有限，不值得培养吗？”

“当然不会，在我这里，只有成王败寇，赢就是强，输就是菜。为什么我这么喜欢电子竞技，其中一个原因就是因为公平，不会有任何外界因素的干扰，你不会因为天气，因为场地的关系而失去公平。电脑和数据，算得上是所有运动项目里，最精准、最不容差错的了。”路遇生说着电竞吸引他的地方。

奚恋看着这样的路遇生，心头不由得一震。她想，当初如果自己一开始遇见的人，能有路遇生这样的想法，可能现在也不会有她女扮男装这一出了吧。

奚恋看着路遇生这样的表情，完全可以从他的眼眸中读取他的情绪。这一刻，任何一个站在路遇生面前的人，都不会觉得他不热爱《荣耀拳王》。

“既然你这么热爱电竞，为什么要在巅峰时期退役？”奚恋没忍住，还是问出了心中的疑惑。

路遇生微微眯起双眸，眼中带着几分危险的色彩，仿佛深邃的眼眸里直接写着“关你屁事”四个大字。

奚恋这个时候才察觉到，自己的这个问题，似乎是有些越矩了。如果路遇生退役的原因是可以随意和别人分享的话，那现在网络上，也不会到处都是乱七八糟的猜测了。

“那个……我只是随口问问，不说也没关系。”奚恋紧张地摆摆手。

只要有机会接触，她总有一天要知道路遇生退役的原因。

“因为太无趣了，只要有我参加的比赛，获得第一就毫无悬念。有意思吗？”路遇生眉目嚣张，尽管自傲，却是他路遇生拥有的资本。

“哇，大神好酷。”谢丹丹在奚恋的身后轻呼了一声，下意识地拉了拉奚恋的胳膊。

奚恋听到路遇生的回答，心头一震。好嚣张的回答，但只要是玩过《荣耀拳王》的人，就会知道，路遇生有这个资格嚣张，不服来和他打一场，谁赢谁就有资格讲话。

“说回正题吧。”路遇生显然并不想再继续下去，转换话题依旧直白戳心窝子，“我不当教练，就算当教练，你的资质也远远不够让我指导。”

“大神！你……话说得别这么早！既然你让我更有气概，那我们爽气一点！”如果现在再不努力，就真的没机会了，奚恋提高声音大声说道，“我向你挑战！不遇，如果我赢……不，如果我打倒了你一个角色，你就要收我为徒！”

敢用《荣耀拳王》来和他比赛的人，现如今还真的不多了。路遇生轻轻打了个呵欠，表面看起来漫不经心，心里却觉得眼前“这个小子”，倒是有点意思。自从对外宣布退役开始，路遇生的人生，突然就好像失去了目标和原动力。

他说是自己赢得太多已经找不到该走的方向，这不假，可真的再不上舞台打比赛，路遇生又觉得自己缺了点儿什么。

当教练，这自然是众多退役选手的一个选择。《荣耀拳王》是单对单的教练，需求量也比较大，但比起一些团队可以做决策性的教练相比，《荣耀拳王》的教练就显得有些弱势了。

比如路遇生自己，就没有要教练，当时只申请了数据分析师帮自己处理数据。因此，是否在退役后当教练，他暂时还没有确定。没想到现在就已经有找上门来的了。

不过眼前这个古灵精怪的“男孩子”，确实引起了路遇生的注意，说不清是出于兴趣，想要逗逗“他”，还是真的看在裴子浩的面子上。

路遇生没有关门，直接转身回屋子里：“记得换鞋关门。”

奚恋愣在原地，这次是谢丹丹先反应过来，赶忙来到奚恋的身旁，用力拍拍她的后背：“小奚，小奚，快醒醒！不遇大神请我们进去呢！”

奚恋终于回过神，长舒了一口气。她真的是万万没想到，自己刚刚那种死皮赖脸、死缠烂打的行为，竟然奏效了！

奚恋脑子还有点儿蒙，进了屋子，小心翼翼地从一旁的鞋柜里拿出一次性拖鞋准备换上。她将这双鞋子捧在掌心里，仿佛是捧着一块价值连城的水晶，端看了好一会儿。

反正是一次性的，路遇生肯定要扔掉的，待会儿她离开的时候就直接带走好了，留作纪念。

进了路遇生的家，奚恋和谢丹丹都不由得惊叹起来。

一进屋子，除了正常的家具，就看到一台巨大的投影仪，然后是一整面墙都用来当成屏幕。

左右两侧各有两个玻璃柜，放置的都是各个时间段不同时期出品的《荣耀拳王》的手办，看得奚恋的眼睛都直了。

“你想用哪款摇杆？”路遇生走到一个柜子前，抬手将柜门打开，里面放了很多盒子，仔细一看，都是各种型号牌子的街机操纵摇杆。

原本只是想来请教练的，奚恋也没带着自己的摇杆来。谁能想到原来请教练时，自己还要打啊？

“哇！”奚恋很没见识地走过去，小心脏还是扑通扑通一直跳。她居然来不遇家参观了，还看到了不遇家这么多的好东西，还……还可以用。

她小心翼翼地伸出手去，摸了摸几个摇杆的盒子，其实她对这些也并不是太了解：“那……那拿个最基础、最便宜的吧。”

大神的东西一定都超贵的，万一弄坏了，可能赔都赔不起，所以奚恋直白地对路遇生提出这样的要求。

还算是挺耿直的一个人啊，没有来虚的那一套，路遇生对奚恋稍稍有了几分好感，从柜子里随手拿了一套自己早期用的摇杆，递到奚恋的手旁。

“谢谢大神！”奚恋受宠若惊，双手小心翼翼地将操控摇杆接过来，像是捧着什么价值连城的宝贝似的。

“叫我名字就行。”路遇生看着奚恋的样子，不由得在心中暗暗吐槽了一句“白痴”。

想要赢路遇生对于奚恋来说，不说下辈子，那也是没二十年做不到的事情，但想要从路遇生手上拿一血，那还是很有可能的。

毕竟，她是初出茅庐的新手，一般就算是大神，遇到新手经常也会因为不熟悉对方的打法而先失分。

奚恋将那个摇杆从盒子里拿出来，摇杆是淡蓝色的，果真就是很朴素的那种，不像现在市面上的什么炫彩光效、磨砂手感的乱七八糟的一大堆，从新旧程度能看得出来这摇杆有些年头了。

而且，右手边的几个按键，有些都已经磨损得失去了本来的颜色。

奚恋将摇杆放在腿上，指尖游走在摇杆的控制面板上。手指停在颜色被磨损掉的那个部位，应该就是路遇生习惯性的按键部位，她动着手指试了两下。

奚恋有点儿小激动，想到这就是不遇大神用过的摇杆，不由自主地开始脑补路遇生修长干净、非常好看的手指就这样游走在按键上的样子，然后思绪就有点儿天马行空起来。

路遇生看着奚恋，也不知道这个白痴想到了什么，居然摸着自己的游戏摇杆露出那种……有点儿猥琐的表情。

这家伙，不会有点儿什么特殊癖好吧？

“快点儿打完，我就能去吃东西了。”说着，路遇生坐在沙发上，双手举高，撑直了身体，脖子左右动了两下，振奋自己的精神。

他一举高了手，完美的腰线就显现了出来，奚恋在一旁看得眼睛都直了。

路遇生伸手，压住她的脑袋：“快点儿，比赛了！”

两个人连接好操纵摇杆，进入游戏，原本还不正经的奚恋，立刻安静了下来。路遇生侧过脸去，看了一眼认真起来的奚恋，这个时候，他倒是才察觉，这小子其实长得也不错。

男生女相的男孩子，一般都是很好看的，眉眼精致，却又不会显得太娇弱。英气与漂亮相结合，是很难得的样子，只可惜一开口就破功了。

“十分钟。”路遇生突然开口说出三个字。

奚恋愣了一下，起初没有反应过来，愣了几秒之后才懂他的意思——他是要在十分钟内解决自己！

“你不要小看我！”奚恋愤愤地说，“我好歹也是进入了 DM 春训的人！”

路遇生一直没什么表情的脸上，终于露出一个淡淡的笑容。自信是好事，不过盲目自信那就是可笑了。

奚恋自然也看到路遇生脸上的笑容，也说不清，他这笑容是嘲笑还是怎样，就更恼火了。就是不信了，输了比赛那是肯定的了，但她怎么可能十分钟就被拿下！

而后开始的游戏，也证明了奚恋果然不可能在十分钟内输掉比赛。

因为她是在六分钟内输掉的。

别说拿下路遇生的一血，她……根本连碰都很难碰到他，被直接按在地上打得毫无还手之力。

奚恋第一次感觉到了，什么叫职业选手的实力……而且，她第一次和职业选手打比赛，就是和路遇生这样级别的人比，确实像是狠狠地给了她一巴掌，让她清醒一点。

奚恋也终于明白，什么叫术业有专攻。很多人在现实生活中都会有这样的感觉，看到很多专业运动员比赛，经常就会认为，这有什么，如果是自己说不定会比他更厉害。

电竞行业中这种自以为是大神的家伙就更多了，尤其是业余选手中打得还不错的人。

其实，哪怕是常年排在前列的选手，在碰到真正的电竞选手时，也还是被虐到渣都不剩了。

奚恋现在的游戏水平，在普通玩家里也是数一数二的，甚至也是被一些新手叫作大神的人。

但她从来没有想过……自己在不遇的面前，竟然……竟然会这么弱。

奚恋坐在沙发上，手里紧紧攥着路遇生的游戏摇杆，手心里还汗涔涔的。她没想到，只有六分钟的时间，她甚至还没来得及开始进入状态……就被路遇生解决了。

电影电视剧里那种让人为之一振的咬牙努力，用自己的毅力撼动了“大树”的事情，根本不可能发生。

她和路遇生的实力差距太悬殊了。

“我赢了。”路遇生将操控摇杆放下，表现得非常轻松。

他从来都不会放水，即便是面对奚恋这样的对手也一样。因为在他的认知里，轻视比赛，刻意放水，才是对对手的侮辱，他向来尊重比赛，尊敬对手。

“比赛结束了，不要忘了我们的约定，你可以回去了。”路遇生轻轻挑眉，“我们之前就说好的。”

可以说，今天路遇生陪她玩了玩，就已经很给面子了。

“拜托你！”奚恋伸手轻轻拉住路遇生，她的衣袖因她的动作而拉高，露出了左手那道刺眼的疤痕。

路遇生下意识地垂首，目光落在了她的左手上，她也顺着他的目光，看到了自己手臂上的伤，她突然灵机一动。

“请你当我的教练，可以吗？”奚恋拉起自己的衣袖，露出她的伤疤，“大神，我曾经是个快要登上职业拳台的拳击运动员，是真正的拳击选手，我想成为拳王。但是一次车祸，让我永远不可能再实现这个梦想，我一度颓废……我以为我这辈子不会再重拾信心去做什么事情了，直到……直到我接触到这款游戏，我好像又重新找回了当初为了拳击一根筋的感觉。”

“你是在博取我的同情？”路遇生沉声问道。

“对啊！你能不能同情一下我？”奚恋的性子很直接，一点儿也没有刻意回避。她就是希望路遇生能看在自己这么惨的分上，能给自己一次机会。她眼眶微微泛红，用力点了点头，“求求你。我好不容易又找到一个能让自己重新热血沸腾的想要为之努力的事情。我不敢说《荣耀拳王》是我的梦想，是我的信仰。但我一定会拿出自己百分之一百二十的努力认真对待它！”

路遇生看着奚恋手臂上的伤疤，深邃的眼眸中，波光流转，有一些看不清道不明的东西一闪而过。沉吟片刻，他轻叹一口气后问道:“你叫什么名字？”

“呃……嗯？”奚恋眨了眨眼，有点发愣。

“你叫什么名字？姓甚名谁，名字怎么写的？”路遇生复又问了一遍。

居然这么久了，她还没向大神自报家门！奚恋有些不好意思地笑了笑:“我叫奚……咳，奚宇，溪流的溪去掉三点水的那个奚，宇宙的宇。你叫我小奚就行了。”

“奚……”路遇生轻轻点头，若有所思地说，“是个极少见的姓。”

“对，是挺少见的。”奚恋附和着道，闪烁着大眼睛，见路遇生又跟自己说了这么多的话，直觉……自己还有机会！

“你觉得和我在一起能学到什么？”路遇生又问她。

“什……什么都可以学，反正我什么都不会！”

倒还有点儿自知之明。路遇生突然被她这样的状态逗笑了：“那我们就定个试用期吧。”

“这个还有试用期啊？”奚恋万万没有想到，自己在公司那边还没确定签约，路遇生这里，又给她来了个试用期。

“怎么，不愿意？”路遇生淡淡地瞧了她一眼。

“愿意，愿意，愿意！”奚恋点头如捣蒜。不管了，反正先把路遇生拿下，有了大神相助，她就不信她还不飞速进步？

“好，那就一言为定。按照规矩，每个月训练生都会有一次摸底的比赛，我对你的要求不高，一个月后的第一次摸底，你只要打到第一，我就答应正式做你的教练。”

Chapter 06

没胆量迎接这个挑战？

奚恋惊得下巴都快要掉下来了！她完全没想到，路遇生会对她提出这个要求。

要她拿第一？这到底是太过信任她，还是变相地劝退啊？奚恋一副生无可恋的表情，对于路遇生的这个要求，完全是惊讶、惊悚、惊恐的！

就算是垫底逆袭，也不可能在这么短的时间里，成为第一吧？说进前五哪怕是前三，也没有一定要拿第一压力这么大啊。

“怎么，没胆量迎接这个挑战？”路遇生下巴轻轻扬起，好看的嘴角翘起，“如果你连这个挑战都不敢，那么在我这里，就完全不合格。”

“敢！”奚恋深吸一口气，大声说道，“虽然感觉希望挺渺茫的。”反正光脚的不怕穿鞋的！

“是挺渺茫的。”路遇生一点儿面子也没给奚恋，“如果说其他春训的选手是刚会走路的婴儿，那你就是……胚胎级别的。”

奚恋瞪圆了眼睛，扁着嘴巴望着路遇生：“大神……嘤嘤。”

居然还敢卖萌？路遇生：“你再嘤嘤也改变不了自己是个菜鸟手残的事实。”

路遇生伸出手轻轻推了一下奚恋的额头，将奚恋推得往后仰了一下。

这嘴巴也太毒了吧！奚恋噘噘嘴，转脸看了一眼身旁的谢丹丹，谢丹丹回应了奚恋一个憨憨的笑。

好吧，奚恋知道，这对她来说，绝对是最好的机会了。她本来是试训生里成绩比较差的，好不容易进入了春训名单，如果再没有教练指导，她可能真的一个月后就回家了。

而且……像是不遇这种级别的教练，即便是能教自己一个月，那也是天大的好事了。

这么想着，奚恋觉得自己只赚不亏，立刻就释怀了。

“所以从今天开始，我就正式成为不遇大神的开山大弟子了！”奚恋抱住自己的双拳，对路遇生行了个礼。

路遇生淡淡看了她一眼：“幼稚。”

“那明天开始，路教练，你就要去基地上班了吗？”既然大腿抱上了，奚恋也就很自然地开始捧起了路遇生。

“首先声明，我不太想去训练基地，你如果愿意，可以每天都来我这边。”路遇生很随性，即便当初还是签约 DM 当职业选手的时候，也不会每天都去基地报到。

奈何他成绩好，不缺钱，俱乐部用工资威胁不了，更不可能开除，不然损失的只能是 DM 自己，所以对于路遇生的行为也只能是睁只眼闭只眼。

现在路遇生只是当奚恋的教练，自然是更不用去基地。

“那我也要回去和公司商量一下。”奚恋犹豫着说。路遇生可以不去公司，但她不能啊！

路遇生看了一眼奚恋鼓起的小脸轻轻挑眉，他直接从口袋里掏出手机，一个电话拨到了DM老板的手机里。

只过了两分钟时间，路遇生便将情况简单说明之后得到了那边的同意，对奚恋摊了摊手。

“这就可以了？”奚恋瞪圆了大眼睛有些不敢相信。

“别看外面人吹他搞俱乐部赚了，实际上……王灿烈也就是闲钱多的富二代，自己喜欢打游戏，投资玩票而已，不小心走了狗屎运赚了一拨。”

“呃……王灿烈？”奚恋歪了歪脑袋，露出有些疑惑的表情。

路遇生一脸无药可救的表情望着她：“你连DM的老板都不知道是谁，你到底怎么跟DM合作的？”

“我……我不知道嘛。”奚恋知道自己又犯蠢了，闪了一下大眼睛，赶忙岔开话题，“教练，你饿了吗？”

不提还好，这么一提，路遇生整个人都没劲了，他拿起手机：“你吃了吗？我一起点个外卖……”

“哎！”奚恋伸手挡住路遇生的手机屏幕，“师父大人，我给你做饭吧，让我也尽尽孝道！”

“你现在毒死我，就真的没机会继续晋级了。”路遇生淡淡瞥了奚恋一眼。

“你也太小看我了！”奚恋不服气地抱着胳膊，扬了扬自己的下巴，“你就等着吧！”

奚恋和谢丹丹一起出门之后，转过身来，立刻就给裴子浩拨了个电话过去。

“裴教练，裴教练！”奚恋说话声音越来越大，“你之前怎么不告诉我……你帮我找的教练居然是不遇大神！”

裴子浩在那边干巴巴地笑了笑：“我没说吗？字条上不是写了？你不会连大神的真名都不知道吧？”

奚恋一瞬间无语……名字被糊掉了也是她没想到的事情，不过裴子浩的声音听上去还不错，应该是他妻子的病情已经稳定了。

“怎么，被拒绝了？”这倒是裴子浩意料之中的事，他刚准备继续安慰，就被奚恋打断了话。

“他同意了。”说罢，奚恋还不忘补充一句，“暂时同意了。”

“同意了？”这会儿，惊讶的倒是变成了裴子浩，“你小子可以啊！”

“咳，我不是说了暂时嘛……”奚恋略带几分不好意思地说，“大神让我在春训结束的摸底测试里得到第一，才正式收我为徒。”

“那还不是等于拒绝？”裴子浩的声音里带了几分遗憾。

“喂，裴教练！”奚恋语气恹恹的，“你也不相信我可以做到吗？”

电话那边的裴子浩被奚恋逗得笑得爽朗，接着认真说道：“我相不相信没有用，重要的是，你自己相不相信。”

奚恋一顿，重重地“嗯”了一声，表达出自己的决心。

“不过，我是真没料到，路遇生会答应让你试试。”

裴子浩摸了摸下巴，暗暗在心头想：原来我在路遇生的面前，还有这种影响力？

“如果你以后有什么困难，随时可以打电话联系我。”裴子浩笑了笑，“虽然我专业素养没有路遇生高，但我的人生经验比他丰富啊。”

“谢谢裴教练。”奚恋听了裴子浩的话，不由得感觉到一丝温暖，突然觉得自己能遇到裴子浩这样的教练，其实是非常幸运的。

奚恋拉着谢丹丹去超市买了一堆食材回来。

路遇生看着这两个人手里捧着大包小包的东西，眉头轻轻一扬，走过去道：“我的厨房，包括其中的灶具，一共造价八万，而且是开放式的，如果出了重大事故，也会波及我房间里其他的东西，到时候我会拟定赔偿书给你。”

奚恋愣了一下，这才反应过来路遇生的话是什么意思：“我才不会炸厨房呢！你可别小看我，过去我们训练，总是要控制饮食，我受不了的时候，就会自己做饭，偷嘴。”

奚恋话说到这里，轻微地顿了顿，压下了心里冒出的那股难过的情绪。提到以前的事情，她还是不由自主地难过。

对于有梦的人来说，最怕的不是失败，而是没有为之努力的机会，就这样硬生生被剥夺了追寻目标的权利。

路遇生虽然嘴巴毒，但为人还是很绅士，直接将奚恋手里的塑料袋接了过去：“你的手本来就有问题，不要再乱来。我可不希望你直接给我断手没办法参加比赛。”

奚恋望着路遇生的背影吐了吐舌头，做个鬼脸，也跟着他一起进去了。

最终，奚恋还是给路遇生做了最简单的食物——蛋包饭。

路遇生看到奚恋端出蛋包饭的时候，嘴角轻轻勾起几分：“看起来倒像这么回事，希望别毒死我。”

“希望你吃了之后，别念念不忘，天天让我帮你做才好。”奚恋回怼道。

路遇生送了一勺进嘴里，入口的感觉极好，令他不由得有几分惊艳——这臭小子还真的会做饭？

见路遇生脸上露出满足的表情，如果此刻奚恋身后有尾巴，一定已经开始用力甩了起来：“怎么样？很好吃吧？有没有因为自己的小看我而愧疚啊？”

“一般般，尚能果腹。”路遇生轻轻挑眉，不动声色地吃完了整碗饭。

吃完东西容易犯困，反应也会相应地变得迟钝，所以大多数电竞选手在比赛的时候，为了避免这些事情发生，都要等到比赛结束才能吃正餐。

奚恋还没来得及准备自己的食物，路遇生便直接塞了一袋饼干在她的手里："练习做完了再吃。"

"那教练，你来跟我打吗？"奚恋闪烁了一下大眼睛。

路遇生轻轻地打了个哈欠："先打败电脑再说。"

"电脑？"奚恋忍不住觉得好笑。拜托，大神这是在开玩笑吗？和电脑打？她早就可以不损失一滴血，直接两套连击带走了，现在居然还让她和电脑打？

路遇生什么也没说，从自己的柜子里拿出一台很奇怪的主机。奚恋保证自己在了解《荣耀拳王》这款游戏的时候，没有见过这款主机，难道是什么限量款吗？

"这个你先打打看。"路遇生将东西交给谢丹丹。谢丹丹虽然反应呆萌，但毕竟也是电竞选手的助理，安排好主机这种事情，还是手到擒来。

奚恋一点儿也没将路遇生交给她的任务当成一回事，工具还是路遇生送给她的操纵摇杆，她甚至觉得自己可以单手操作，于是……

一分钟后……

巨大的GAME OVER闪烁着N个版本前的字体，跳动在奚恋的眼前。

她不敢相信，整张脸都要贴近电视机屏幕了！这……这怎么可能？她从接触《荣耀拳王》开始，就从来没有输给过电脑！

“你对每一个对手都是这么敷衍？”路遇生抱着胳膊，脸上带着几分戏谑的笑，“可惜你还没这么厉害，输得可真惨啊。”

“我没有，这只是电脑。”奚恋摇头，“不，不对，是我搞错了！我再重来一次，刚刚我不应该那么打的！”

奚恋不甘心地重新开始游戏，路遇生也没说什么，继续等着奚恋这一次的结果。她更全神贯注了，却依旧惨败而归，只是结束之后，多挣扎了三十秒而已。

奚恋自然是完全无法接受自己这个成绩的，她好歹是全服 50 强，怎么可能连电脑都打不过！

“这个程序和我们平时玩的不一样？”奚恋自然也不傻，抬起头望向路遇生。

“这是当初这个游戏，刚以主机形式出来的时候，我自己写出来的程序，植入进电脑里的。可以说，确实是和我们平时玩的不一样。这套程序沿用了很多我的常规套路，和它打，你就等于是在和程序之内的我打。”路遇生说到这里，稍稍顿了一下，继续道，“当然，最多只是千分之一的我。”

路遇生这话，给奚恋造成了更大的打击——自己这是连千分之一的路遇生都打不过吗？

“你没有多少时间了，这套机器你拿回自己的宿舍，我给你三天时间，将所有角色都打赢了再来找我。”路遇生不留情面，“如果三天后你还是输，那就代表你还不够努力。如果你以为电竞选手只是玩游戏这么简单，那就趁早回家。”

“我不会让你小看我的！”奚恋带着路遇生给她的主机，气势汹汹地走了。

路遇生看着奚恋的背影，失笑之后轻轻摇头，心道：臭小子，压箱底的东西都给你了，再不赢就真的逐出师门！

这三天三夜，奚恋闭门不出，只有谢丹丹给她送饭的时候，才能看到她。

不过大多数时候，也都只是看着她手里握着操纵摇杆，一副严肃表情地大杀四方。

DM 的队员原本就多，各个游戏来参加春训的训练生，更是数不胜数，管理上自然就没那么严格。春训班尚未成为正式签约选手，因此公司对其言行也没有严格规定，他们只需要在自己教练的教导下，顺利通过摸底测试就足够了，也不一定需要天天在基地训练。

三天时限已经到了，路遇生轻轻挑眉，盘算着那臭小子是否能成功地完成自己布置的任务。

“咚咚咚！”

一阵剧烈的敲门声响起，路遇生从沙发上起身，带着几分懒散地过去开门：“别砸门啊，不是有门铃吗？”

路遇生打开门，门外是奚恋，一脸怨气地盯着他，眼下是一片青色，浑身散发怨念。

“成了？”路遇生问她。

奚恋装作一点儿也不费劲一般，抬了抬下巴走进去：“这也没什么！每一个角色，我都打败了。”

“怎么，打败一个小小的程序，就需要费这么大的力气，花了三天的时间，还敢说自己有天赋？要知道……”路遇生稍稍弯下腰，露出玩世不恭的表情，抬起食指点了点自己的脑袋，“你的对手，可都是有脑子的人，你连公式化的程序都要费这么久的时间，”

奚恋被路遇生堵得说不出话来，愤愤地冲进去坐在沙发上，将路遇生给她的主机连接好，坐下来开始闷头打游戏。

路遇生站在她的身侧，也没有说话，看着她插上游戏主机，连接操纵摇杆，虽然只是三天的时间，但一直反复地练习，已经让她的动作变得自然。

电子竞技，听上去好像只是玩游戏而已，可能很多人都以为游戏打得好是很简单的事情，之所以他们不是电竞选手，只是因为他们没有沉迷于游戏。

但事实却并非如此，不论是何种项目的竞技，最重要的是天赋，在天赋之后便是超乎常人的努力。

有天赋的大有人在，肯努力的也大有人在，缺的就是有天赋也有恒心有毅力的人。

路遇生给奚恋这三天的时间，除了检测看她是不是真的拥有这方面的天赋之外，也是测试她是否有这份毅力能坚持下来。

三天要打赢他写的程序，可没那么简单，如果奚恋真的做到了，那还真的是拥有异于常人的天赋。当然，这些话，他可是不会在奚恋的面前说出来的。

奚恋还在生气，因此她闷闷地坐在那里，也不和路遇生说话，噘着嘴巴，一脸认真地开始打起了游戏。

奚恋显然是通关了所有角色之后，便直接冲了过来，所以连谢丹丹也没有叫上。现在屋子里只有他们两个人，一个在认真地打游戏，一个站在旁边认真地看她打游戏。除了奚恋操纵摇杆的“咔嗒咔嗒”声和游戏里自带的音效与音乐，屋子里其实是很安静的。

与安静的环境呈现出截然不同气氛的是液晶屏幕上显示出的游戏画面十分激烈，和普通人打游戏的娱乐心态不同，电子竞技之所以称之为竞技，就是要百分之百专注，一个细节上微小的失误，都可能葬送整场比赛。

其他游戏或许还可以弥补，偏偏格斗游戏，一轮时长也不过六十秒，眨眼之间的一个操作不到位，可能就会被对手抓住机会，满盘皆输。

路遇生抱着胳膊看奚恋的操作，可以说非常细节了，有几次她在只剩下一丝血的状况下，沉着冷静，准确反杀。

不得不说，这三天和电脑的对战，让奚恋的进步非常快，这程度甚至是路遇生没有料到的。

“你看到了吗？”奚恋操作得手都有些酸疼了起来，一边甩着手，一边说道。

路遇生什么话都没说，直接将她受过伤的那只手拉到自己的面前，开始按摩，帮她放松肌肉。

奚恋完全没有料到路遇生这突如其来的一个动作，瞬间就红了脸，有些不自然地轻咳一声。现在是将自己的胳膊抽出来呢，还是假装什么都没发生了？

“都打赢了，勉强及格吧。可以继续接下来的训练。”路遇生说着，抬起眼看了一眼奚恋的脸，“你脸红什么？”

“没、没脸红什么，你看错了！”奚恋狡辩了一句，然后暗暗在心中默念：我是男生，我是男生，我是男生，脸皮要厚，脸皮要厚！

路遇生也没将这当成什么大事，反而是奚恋过度的反应让他觉得奇怪。有什么好值得大惊小怪咋咋呼呼的？

“接下来的三天，你要做的就是，用随机的英雄打败电脑。”路遇生继续说道。

奚恋之前选择的都是自己擅长的角色，路遇生这么做，又加大了她的对战难度。

奚恋张张小嘴，还没反驳，便听到路遇生又开了口：“不敢吗？英雄池这么浅，可是没办法当职业选手的。”他淡淡一笑，“这点儿小挑战都不敢的话，还是早点儿回家吧。”

虽然奚恋知道路遇生每次这么毒舌的言语，都百分之百必定是“激将法”，但她偏偏就是受不了这样的激将法，他说自己不敢，自己偏要做给他看！

“三天后见！”奚恋收拾起桌上的游戏主机，仰起脸朝路遇生哼了一声，转身就走。

“等等。”路遇生拉住奚恋的胳膊。

奚恋下意识地转身望向他。

“晚上要好好睡觉。”路遇生望着奚恋的脸，认真道，“千万不要再熬夜了，成绩重要，身体也重要。”

要说，路遇生这个人，实在是令人想犯罪。长得这么好看，毒舌一点儿还能“脱粉”，现在突然这样关心她，难得说两句温柔的言语，实在是叫人难以招架。奚恋心头微微悸动，不由得唾弃自己。

“哦，我知道了。”奚恋努力装作面无表情地回答，转身又准备走，却又被路遇生拉住了胳膊。

“你，还想对我说什么？”不由自主地，奚恋对他说话的语气，便温柔了几分。

“给我做顿饭。”路遇生道。

奚恋一瞬间没能反应过来，望向路遇生。就看到他抬起自己的下巴，朝着厨房的方向，轻轻一指。奚恋定睛一看，嗯，材料和工具都给她准备好了。她磨着牙：“路遇生！”

路遇生环着胳膊，轻轻挑起眉头望着奚恋，令他一贯俊美却冰冷的面容多了几分生气，下巴轻轻挑起的动作，也展现出他线条优美的侧脸。

用美色诱人！不要脸！

当然，最终的结果，还是路遇生赢了。奚恋乖乖地来到厨房，帮他做了一顿简单的饭。

吃完饭之后，路遇生看起来心情不错："看在你给我做了一顿饭的分上，我再跟你说一个小细节。"

路遇生将游戏摇杆拿过来，这个摇杆是他从初入职业赛场的时候，就一直跟随着他的，与其说这是工具，不如说是最值得他信赖的伙伴。

只是随着时间的推移，越往后制造出的操纵摇杆越是精密，他参加的赛事也越来越重大，自然需要更好的，就换下了这个他用得最顺手的工具。

路遇生在奚恋的面前，给她做示范："你是这样握操纵摇杆的，其实你可以用小指尖抵在这里，以小指为支点来，旋转动作，更容易让肌肉记住动作，也更稳更适合进行一些细微上的操作。"

奚恋点点头，一个没注意，被路遇生握住了手。她惊了一下，下意识就想要收回自己的手，突然又反应过来，她太大惊小怪了。

不愧是职业电竞选手的手，路遇生的手指生得非常漂亮，修长干净，骨节分明，指甲修得圆润，一看就知道他是个十指不沾阳春水的公子哥儿。

路遇生握着奚恋的手，将她的手放在操纵摇杆上，一边带领着她的手做动作，一边讲解：“你要这样动作，手的负担会更轻一点。你和普通人不一样，毕竟是有手伤的。”

路遇生这次真的是“手把手”地教自己操作……奚恋觉得自己真是糟糕，明明一心想要踏上职业选手的征途，却还有这种心思想奇怪的事情。

路遇生教她的这个操作，奚恋起初没觉得什么，但在试过几次之后才发现，这几个动作和姿势，成功地减少了她手腕的负担，果然很有效。

之后的三天，奚恋却过得没那么舒坦，因为她发现，自己的知识盲区太多了。她一直都只喜欢用自己熟悉的那几个角色和对方战斗，而一款游戏每年还在增加不同的英雄。新更新的角色，为了增加玩家的使用度，一般都会比较强势。因此想要一直赢下去，绝对不可能故步自封，只知道整天守着自己擅长的几个英雄。

眼看着和路遇生约定好的时间就到了，奚恋像是只斗败了的小公鸡，来到路遇生的住处敲门。

路遇生打开门就看到小家伙垂头丧气地走了进来，她抬起脸，别扭但又只能认命地告诉路遇生。

“我、我没做到。”奚恋说完，咬着唇。她心里不服输，但不得不承认她确实没做到。

“来吧。”路遇生让奚恋在巨大的液晶显示屏前坐下，“把游戏连接上，既然没做到，就继续打。”

出乎奚恋的意料，路遇生并没有说她太蠢或者说不再教她了之类的话，而是让她继续坐下来打游戏。

奚恋一开始进入游戏时还想得太多，但投入进去之后，眼中就只有“胜利”两个字了。

路遇生在一旁看着这样的奚恋，能感受得到“他”浑身上下散发出来的那股叫作冲劲的东西。于是她一直打游戏，他也一直站在旁边看着，时不时指点两句。

不得不说，奚恋确实是有天赋的，要不然也不会在他几句指点之下，就进步飞快。

奚恋就这样坐在路遇生家里打了一天的游戏，到了晚上被要求做饭才察觉到已经过了这么久。

奚恋和路遇生一起吃完了晚餐才回到基地的宿舍，刚回去就看到谢丹丹在门外等着自己。

“小奚！”谢丹丹看到奚恋大叫一声便扑了上来，拉着她就跑，“快快快，大老板来了。”

呃？大老板？奚恋满脑子里只有怎样连击输出最高化，还有路遇生教的手法。

稀里糊涂的奚恋被谢丹丹拉着到了训练室，这才发现，几乎所有人都在，而几位比较资深的教练和正式队员，正围绕在一个男人的身旁。那个男人打扮很普通，但整个人浑身上下都散发着一股与众不同的贵公子气息。

男人一转脸，刚好看到了奚恋："啊，你就是奚宇！那家伙新收的徒弟。"

"快问老板好。"倪凰上前一步，给奚恋使眼色。

奚恋虽然反应不算快，但也不是完全没脑子，猜想眼前这个人应该就是大老板王灿烈，之前路遇生打电话联系过的，听他说话的语气，两个人应该是很熟悉了。

"是，老板好。我会和师父好好学的。"奚恋点头认真地说道。

"真乖啊。"王灿烈眯起眼睛笑得像只狡猾的狐狸，抬手摸了摸奚恋的头发。基地里的队员大多十五六岁，老队员最大也只有二十三四岁的年纪，所以在他看来，都是小孩子。

奚恋忍着被摸头的不爽，依旧对老板微笑。

"好好和那家伙练，他有点儿东西。"王灿烈稍稍倾身，贴在奚恋耳畔低语一句，接着直起身来，"这次《荣耀拳王》分部的摸底筛选比赛，我会来看，大家加油哦。"

听闻王灿烈这句话，大家立刻斗志满满，且心里清楚，只要大老板在，很可能这次比赛打得好，就能直接被签约成正式队员拿工资。

奚恋来到路遇生家里的时候，把王灿烈来基地的事情说了一下。路遇生什么也没说，只是淡淡一笑："那你就更要好好表现了，争取让人傻钱多的老板签了你。”

奚恋可不觉得王灿烈人傻钱多，相反，她觉得老板真的很精明。那天王灿烈走了之后，谢丹丹就和她科普了不少关于老板的事情。她也知道，投入电竞行业，只是王灿烈的个人兴趣，这人喜欢玩游戏，虽然不如职业选手，但在普通玩家里，算是很厉害的了。

一开始大家都觉得投入电竞行业只不过是富二代的兴趣而已，谁知道王灿烈不仅将电竞战队开了起来，还整合了整个电竞市场，并开发其中的空间。

王灿烈不仅完成了自己的梦想，满足了自己的兴趣爱好，还在这里淘了一桶金。所以，很多职业选手都会选择 DM 战队，就是知道这个战队不会轻易倒下，也正因为如此，DM 也越来越强大。

接下来的几天，奚恋都泡在路遇生的家里，终于在他的指导下，掌握了所有角色的操作。可是这么一番折腾下来，离测试的时间，也就没几天了。

“之后两天时间，你可以休息了。”路遇生望着奚恋，继续道，“我交给你的任务，只有一个，就是你用纸记录下这几天来，你用所有角色的操作与心得。”

“摸底测试都要开始了，我还要做作业？”奚恋不由得皱眉。

路遇生却完全一副不在意的样子：“谁是教练？”

“你不是故意耽误我，不想让我赢比赛，这样你就不用当我的教练了吧？”奚恋一直感觉路遇生是漫不经心的态度，她知道自己算是半路出家，到现在打游戏的时间还没满一年，和很多游戏刚出就开始接触的老玩家不同。

听到她这么说，路遇生脸上的表情也没有变：“你爱怎么想就怎么想。从开始打职业开始，我就不是第一天被人随意揣测，更别说恶意的了。你应该也看过我的相关报道吧，他们所有的言论里，只有一个，就是不遇我行我素，这一点没错。但是现在，身为教练，我给你定下的任务就是，把你对所有角色的理解用文字的形式写出来，然后牢记于心。你们比赛我也不去看了。到时候你直接给我你的结果吧，不想见到我，直接打电话也行。”

Chapter 07

乖乖给我当
教练吧!

“不遇大神，真的不来看你的比赛啊？”谢丹丹有些不安地拉了拉奚恋的衣角，环视了一下。周围所有的比赛选手的身后都跟着教练不停地在他们的耳畔叮嘱着，她越看越是担忧，“小奚，大神是不是对你太有信心了？”

“他不是对我有信心，是对我太没有信心了。一、不想跟着我来丢脸呗；二、大概就是我要是输了，他就不必当我的教练了呗。”

奚恋甩了甩脑袋，伸出双手来用力拍了拍自己的脸颊，让自己放轻松一些：“我会赢。”

谢丹丹见到奚恋一脸认真的表情，不由得微笑，攥着拳头挥了挥：“加油！”

奚恋这个时候脑子空空，什么也想不到，毕竟这是决定她命运的一战。

虽然嘴上怼路遇生，但其实前两天的练习，奚恋还是根据路遇生对她的要求完成了任务，认真做了所有角色的笔记，记下自己对它们的理解，并牢记在心里。她没有过量地去练习，只随便打了几场排位赛，保持状态。

摸底的队内比赛，最后确定参加比赛的一共三十一人，抽签之后，末尾一号轮空，其他两两一组，进行 BO3，也就是三局两胜制的比赛。最终淘汰后，剩下十六人，开始进行淘汰赛。

最终四强进行 BO5，以五局三胜制的比赛角逐出名次。这样的比赛算不上是绝对的公平且非常残酷，因为很可能你从一开始就遇到最强的敌人而被淘汰。

但无论什么样的赛制，对奚恋来说都是一样的，因为她的目标只有冠军。想要得到冠军就需要打败所有人，所以先遇到谁，后遇到谁，对她来说没有任何区别。

奚恋是以垫底成绩进入春训名单的，抽签之后，她清楚地看到了对手眼里闪烁的光芒，或许他并不是刻意想要看轻她，但是遇到不如自己的对手，那种喜悦当真是发自内心没办法掩饰的。

二人握手对坐下来，奚恋拿出自带的设备连接调试，她手里的操纵摇杆，自然还是路遇生送给她的那个。她的指尖轻轻摩挲过板面，虽然很多地方都被磨得掉了色，但主人显然十分爱惜。

奚恋将操纵摇杆抱在怀里，闭上眼深吸一口气。如果她没有得到第一，就把操纵摇杆还给路遇生。

原本想象中酣畅淋漓的比赛并没有出现，奚恋几乎是没有费什么力气，便直接 KO 了对手，说是一场碾压的比赛也不为过，有几次她甚至连一滴血都没有损伤便直接打趴了对方的所有人物。

之前还轻敌的对手直接被打蒙了，虽然在反应过来的时候及时调整心态，但也只是垂死挣扎。

奚恋捏了捏自己的拳头，她刚刚和对手打比赛的时候，根本没用脑子思考。这个人的出招套路简单，对付普通玩家还可以，但是在她面前，简直不堪一击。

难道春训的选手，都这么弱的吗？奚恋想到之前入营的时候，打得那么艰难，不由自主地捏了捏拳头。

所以是她变强了吗？

一开始的紧张感荡然无存，全都被一种兴奋和急于表现自我的感觉所替代，奚恋知道，自己不再是最弱的了。

成功进入淘汰赛，四分之一比赛时奚恋依旧轻松取胜，周围的学员和教练都开始对她产生了兴趣。

最后剩下四个人，之前帮过她的林晓展止步八强，所以现在已经来当啦啦队站在她的身后了。

“小奚，你简直太厉害了，听说你教练后来换了，换成谁了？感觉他很厉害的样子，我也想请教请教！”林晓展上前来帮着奚恋又是捏肩又是捶背。

奚恋听到林晓展的话忍不住笑起来，俏皮地对他挑了挑眉：“如果我能得到第一的话，我就告诉你。”

反正正式加入DM之后，别人也会知道路遇生是她的教练……

奚恋半决赛的对手叫何星云，ID是云中星。看上去是个温文尔雅的瘦弱少年，但没人能想得到，他在游戏里的打法，是以凶狠著称，以攻为守。而他也不是没有脑子的强攻，这也令大家对付他，有了很大的阻碍。

何星云可以说是这次比赛中DM教练组与工作组默认的冠军。

奚恋知道，自己只要啃下这个硬骨头，后面的比赛就会好打得多。

BO5的比赛对于奚恋来说比较辛苦，因此路遇生之前给过她指示，让她必须将比赛控制在四局内获胜，也就是说她最多只能输一局。如果打决胜局，对于手有伤的她来说，绝对是不利的。

何星云比起之前的对手，几乎不是一个等级的，前两局二人战成一比一。奚恋回忆着何星云惯用的那几个英雄，脑中突然就出现了路遇生之前让自己做的那份英雄档案，每个角色的特性、惯用方法都是什么，一下子就从她的脑中跳了出来。

奚恋很快便决定第三局自己要如何对付对手，且还算轻松地赢下第三局。她只要再胜一局，就可以拿到这场比赛的胜利。

第四局，何星云会不会有所改变？一定会！而这一次，是奚恋占先，后手选择英雄，果然到了决胜时刻，何星云放弃了自己常用的几个人物，选择了别人不常用或者用不好的英雄。

奚恋也停留在选人界面，同样将光标移动到几个不常见的英雄上，正是克制何星云的角色。

比赛结果不言而喻，何星云甘拜下风地与她友好握手。

林晓展在一旁看得更是惊愕不已："奚宇，你的这英雄池也太深了吧，这几个……我就是无聊随便玩玩也不愿意碰的角色，太难用了，你居然能用得这么好。”

奚恋歪了歪脑袋，脸上渐渐露出微笑来。这些，都是路遇生教她的。

不只是熟悉每个英雄的打法，知己知彼，还要将自己不熟悉的英雄也灵活运用，拓宽自己的英雄池，加深对不经常使用到的角色的熟练度，这对奚恋来说，都是以前不曾想过的。

是路遇生教会了她这些。她原本以为，路遇生都只是乱教的或者是故意不教她有用的东西，却没想到，一次比赛她就全用上了。

最终一二名的较量，她的对手是同样很有天赋，但总是被何星云力压一头的顾泽，游戏ID：白泽。

顾泽知道何星云被奚恋打败了，以为只是一次意外的爆冷，以为何星云是不小心或者因为不了解而对“奚宇”掉以轻心所以才惜败。

总之，对他来说，心中暗暗觉得，最后对上奚恋是比打何星云胜率更大的。从一开始将目标定为前三名的顾泽，一瞬间变得雄心壮志，知道自己拿下第一进入DM的主队几乎没问题了。

奚恋怎么会感觉不出顾泽对自己的轻视，然而她不仅不会自卑，反而是那种越挫越勇的弹簧，越是被人瞧不起，就越是要证明自己。

于是，奚恋在顾泽轻敌的状态下，又发挥了自己百分之二百的实力，直接把顾泽打了个落花流水，以三比零的总比分顺利击败对手。

第一名！

顾泽打完这场比赛，有些难以置信地站在原地，捏紧又放松了自己的拳头。其实比赛的结果和他自己当初期许的没有差别，但过程却大大出乎了他的意料，自以为还可以更好的！

“厉害啊。”顾泽伸出手来和奚恋握手，脸上的表情却有些僵硬。

奚恋大方地点点头，伸手握了上去：“永远不要小看任何人。”

“这句话原句奉还，下一次再有机会交手，我一定会赢过你！”顾泽扬起下巴。

“那你需要努力更努力地练习了，期待下次的比赛。”奚恋用力地攥了攥拳头。她也没想到，自己真的做到了！

包括一些《荣耀拳王》的老队员，对她都不由得侧目窥视，看一看这个比他们年纪小的新出炉的队员。

“大家辛苦了。”倪凰拍了拍手，对大家微笑了一下，“小伙子们都好好休息吧，明天会给大家综合评分。这次我们会直接签约三名选手成为正式队员，然后签约六名小队员，成为我们的正式训练生。当然……如果各位有更好的去处，我们也不会阻拦。”

倪凰一番话说完，奚恋便拿着自己的东西，直接转身跑出了门。

路遇生开门的时候，就看到奚恋站在那里，显然是跑得很着急，气喘不已。

他估计着时间也差不多了，一只手撑在门上，并没有让奚恋进屋的意思，只是淡淡道:“比赛有结果了？不是让你直接打电话给我就行，之前说过你得第一的话，我就当你的教练。不过你现在可能也不想让我当你的教练了吧？”

“我……”奚恋深吸一口气说道，“我是第一！”

路遇生脸上没有半分惊讶，只是“啧啧”两声：“看来这一届的训练生不行了啊，你都能拿第一，《荣耀拳王》是要败落了吧。”

奚恋当然不是第一天知道路遇生嘴毒，尽管如此，听他这么说，她心里还是憋了一口气。只是现在的她，也不敢乱说什么让他不开心的话来。

“那……我们……”奚恋犹豫着，不知道该怎么继续说下去。

“你要是觉得我教不好你就算了，我也不想带那么难管的队员。”路遇生轻轻扬起自己的俊眉，“我明白这个世界上很多东西都是要讲究缘分的，强求不来。你认为我不好不适合，就算了吧。”

“我想跟着你学。”奚恋当然知道，自己之前对路遇生的质疑，他是不会这么大度就算了的。

路遇生没出声，却转过身往回走了。奚恋一着急，直接扑了过去，直接抱住了路遇生的腰。

其实这个突然的动作，她并不是刻意要做，只是她冲过去的时候，不抱住路遇生，就会直接撞到他的身上。奚恋深吸一口气，自我安慰……还好现在不是以女孩子的身份站在路遇生面前，要不然……保不齐要被告骚扰。

“对不起，教练，我错了。”奚恋拉下脸来，虽然面上不好意思，但心里其实也明白，这次真的是自己错了，“是我不对，我不懂你的用心。”

路遇生嘴角抽了抽。臭小子这么抱着他，哪有一点道歉的意思，倒是很像表白。

“抱够了没有？”路遇生冷冷说道。

“我……你不原谅我，不收我为徒，我就继续抱下去！”奚恋干脆没皮没脸。算了，反正一开始就是自己强行赖上路遇生，现在只不过继续发挥她牛皮糖的风格而已，“你一开始就说，只要我拿到第一，就当我的教练的。”

路遇生无奈地摇摇头：“你是不是蠢？”

将她拉开，路遇生转过来望向奚恋：“我要是没想让你进来的话，刚刚转身的时候……”

“师父……”奚恋做出感动的表情，大眼睛闪闪发亮地盯着他看。

路遇生忍不住嫌弃：“不是让你别对我卖萌，一个男的对我卖萌，恶心巴拉的。”

“师父、师父、师父。”奚恋才不听他的，找准机会恶意卖萌。既然他讨厌自己卖萌，她就以毒攻毒，让他不接受也得接受。

路遇生面色如常，看不出任何感情：“这个第一你拿得纯属意外，不能证明你现在的实力在训练生中就是最好的，而且我明确告诉你，你不是最好的。但既然我已经答应了你，就不会言而无信。如果你之后再出现像之前那样质疑我或者不听教练意见的事情，还是会被我扫地出门的。”

冷漠！奚恋捂住自己的胸口，做出受伤的表情，往后一倒，摊在沙发上：“教练，我可是得了第一名，你一句夸奖都没有啊。”

路遇生淡淡瞥了她一眼就走开。

“嘁！”奚恋对着路遇生的背影做了好一会儿鬼脸，不过她拿到了第一很开心，不和这个“傲娇”的毒舌计较！

奚恋心情激动地拿出手机，拨通了奚宇的电话，告诉他这个好消息。

“臭丫头，你行啊！”奚宇听到奚恋说了事情的来龙去脉，忍不住夸赞，“千万别给奚宇这个名字丢脸啊！加油加油，我妹一定是最厉害的！”

“嗯，我肯定不给你们丢脸，对了……也跟我爸妈说一声。”奚恋抿了抿唇道，“让他们千万别担心我。”

挂断和奚宇的电话，奚恋又想到裴子浩，扬起下巴来。终于能大大方方地给他老人家汇报成绩了。

“嘟嘟”两声之后，裴子浩在电话那头接了起来。

“裴教练，您好，我是奚……奚宇，我拿了第一！现在正在大神家里，他答应当我的教练了。我是特别打电话来告诉裴教练您这个好消息，顺便再感谢您，改天我去看看您？”

电话那头的裴子浩愣了一下，接着呵呵笑了起来：“不忙不忙，你们训练要紧，休赛期再说。不错啊，果然是路遇生看中的人。”

“他……他才看不上我呢，都是我死乞白赖地缠着他，他就等着我什么时候出岔子，一脚把我给踹了呢。”

“傻孩子，要是他路遇生看不上的人，根本不会多给你一个眼神、多跟你说一句话，更别说给你缠着他的机会了。”裴子浩在电话那头淡淡一笑。

直到挂了电话，奚恋还在抱着手机，不断地品味着裴子浩这句话的意思。

按照裴教练说的这话，那路遇生刚刚多看了自己几眼，就已经是传说中的夸奖了？

之后 DM 战队不出意外地选择了奚恋、何星云以及第二名的顾泽为正式签约成员，但也发生了出人意料的事情。

是签约当天，何星云婉拒了 DM 的合同。

倪凰望着何星云，轻轻挑眉：“DM 的待遇，应该是所有战队中数一数二的了，你还有什么不满的吗？”

“感谢 DM 对我的肯定，只是我有自己的考量，真的很抱歉。”何星云抱歉地鞠了一躬。

原本训练营也只是将春训开展成一次类似夏令营活动，为少年们创造一个打开新天地的机会。一般春训选拔出的年轻人，虽然有资质，但也不至于有战队会争抢，因此何星云的事情，确实有些奇怪，但倪凰也并没有拦着他。

何星云离开之时与奚恋擦身而过，低声说了句：“期待和你的下次比赛。”

奚恋稍稍一顿，余光刚好看到了满脸玩味笑意的顾泽。

“这是不把我们放在眼里啊。”顾泽撇了撇嘴角，表面看上去是个笑，却透着不甘，“他以为自己的对手，只有奚宇一个人了吗？我会让他知道他错了！”

奚恋将这件事和路遇生提起：“何星云该不会是为了和我打敌对，所以才准备去别的队的吧？”

奚恋说出这话后又觉得自己有点儿自恋，憨憨地笑了笑。

“也不是没有可能，不过……最大的可能性还是因为DM原本就有的荣耀十人战队，DM原本《荣耀拳王》分部是十三个人，我合约到期退役，另外两人转会。每次《荣耀拳王》比赛，一个战队可以派出十名选手参加。一般来说，一个战队只会有八名左右的正式选手，还有两个名额是给试训生。但DM不一样，别说试训生，正式选手如果那段时间状态不好，都是拿不到参赛名额的。”路遇生一边说着，一边从抽屉里拿出一本硬壳记事簿，放进奚恋的怀里，“这是我看了你比赛录像之后，给你做的笔记，给我一字不漏地背下来。”

奚恋还在想路遇生提到的比赛的事情。原本十人的战队，现在又增加了她和顾泽，十二个人竞争十个参赛名额，也就是说，DM应该是刻意用这样的方法，使得每个正式选手都有压力，竞争上岗。

“啊！那是不是代表我还不能上场……”原本以为自己只要签约了DM战队，就能马上开始比赛，积累经验，谁知道，还有这样的事情。

路遇生看着奚恋失落的表情，轻轻“啧”了一声：“怕什么，你只要比另外十一个人强就能参赛。如果连这个都没信心，你还拿什么冠军？DM《荣耀拳王》的正式队员里，也没几个能打的。”

路遇生说话向来嚣张，但他却有这个嚣张的资本。作为职业选手，一般身上都带着这股傲气，只是很多人空有傲气，没有实力，便会沦为笑柄。只有像路遇生这样实力与傲气兼顾的人，才会让人觉得这是属于他的自信与霸气。

“我……可以吗？”奚恋眨眨眼，不太确定。

“不可以也要可以。”路遇生认真地望着奚恋，“如果你打得太烂，出门千万不要说我的名字，我丢不起这个人。”

“当然不会！”奚恋扬了扬下巴，“我既然敢来，就敢拿下这个第一！”是的，她的目标，就是要打败所有人！她可以做到。

奚恋刚说完，口袋里的手机便嗡嗡振动了起来。她拿出一看，是谢丹丹。

“小奚，你是不是在大神那边啊？快点回来，还有半个小时就要拍定妆照了！”谢丹丹在电话那头着急地说道。

昨天奚恋和几个新队员都拿到了队服，包括林晓展他们几个只获得了训练生资格的队员，也都算是加入了DM。

特别是她和顾泽，身为新加入的正式队员，不仅要拍定妆照，还要把资料申报给《荣耀拳王》官方，登记入册。战队加入了新成员之后，都是要在官方微博上通报给所有粉丝的。

下午奚恋直接跟着倪凰来到拍摄定妆照的摄影棚。摄影师今天似乎是不止接了他们一个战队。倪凰在路上也刚好遇到了一个老熟人，调笑着打招呼，他们就在外面，先看别人拍照。

林晓展拉了拉奚恋的衣服，指了指正在拍摄的那两个人："看到那两个长得凶神恶煞的人没？听说是今年LL的超级新人。啊！还有那个，应该是刚转会到QRhero的曹深，听说他人如其名，就是个'操作神'……"

奚恋云里雾里地听着林晓展和自己说这些八卦，越发觉得自己不像圈里人，她一心想着要赢，但好像从来没仔细研究过对手。

只是也有让奚恋甚至是整个DM都没有意料到的是，就在奚恋的定妆照发布在DM官博，并且公布她正式加入DM的第二天，这条消息就刷爆了微博，当然并不是因为奚恋这个从未崭露过头角的选手的突然空降，而是因为脸。

谢丹丹捧着手机双眼闪闪发亮地不停刷新，只不过是一条公告信息而已，转发、评论、点赞却在不断上升。

【DM的小队粉：嗷嗷嗷！我心中的电竞文男主角，终于有脸了啊！】

【冲不上前百不改名："不服"这个名字真狂啊，没想到长得倒是很秀气。】

【不遇我是你相遇：不遇虽然退了，但终于有我们的不服小可爱来接班啦，DM冲冲冲！】

【六六六六：只有我发现……不遇和不服是情侣ID吗？】

短短两天的时间，这条微博就直接涨到了四万的转发量……

“小奚，我说你也实在是太厉害了吧，好多人都夸你长得好看呢。”

奚恋无语：“我又不需要以这样的方式红，而且……我再好看，能好看过不遇吗？”

电竞圈里虽然长相不重要，但只要出现实力强又长得好看的选手，立刻就会圈粉无数。

奚恋的样貌在女生里，算不上是最好看的，却很有自己的特色。剪成短发的“男生”造型，再加上根本不知道拍照时候该摆什么动作姿势的呆萌脸，更是吸引了不少大龄粉丝的喜爱。

而中性的秀美，恰好又符合当下一群年轻粉丝的喜好，正逢各大比赛开赛之际，对原本少了不遇的DM粉丝，甚至是一些吃瓜路人来说，像是一下子找到了新的可以八卦的点。

一不小心在出道之前就造了一个大势，连倪凰都忍不住过来，捏住奚恋的小脸来回打量，双手一拍：“我之前怎么就没想到呢！”

奚恋瞬间有种不好的预感……

“我可以把你打造成‘小不遇’！不是我说，不遇之前太难管了，最多只参加集体的商业活动。你不知道有多少赞助商都想找不遇代言，结果这小子，根本理都不理，如果是你的话……嘿嘿……”

奚恋看到倪凰的样子，赶忙翻出几条嘲讽她的评论，放在倪凰面前，让倪凰认清现实。

【皇上皇：光有脸有什么用？DM现在没有了不遇，只能拿这些菜鸡撑脸面，看来今年夏天的终极杯和冬季的全冠杯都不指望DM能

蝉联了。】

【QR的小魔女：要说不遇帅我还能理解，没看出这位哪里好看。】

【LL的Keo：电子竞技，看脸比赛？呵呵呵……】

婉拒了倪凰要求帮她开个微博账号的想法，奚恋暂时不想在比赛以外的事情上浪费时间。

就算是用脸吸引了大家的注意力，那又怎么样呢？如果没有成绩的支撑，也很快就会被人遗忘。

她或许可以成为“小不遇”，但比起这样的名号，她更想成为“不服”，让人知道这个倔强又嚣张的称呼的真正含义。

也想有一天，让大家知道，女生也可以站在《荣耀拳王》的最高领奖台上！

《荣耀拳王》比较重要的两大赛事，分别是夏天从预选赛开始持续一个月之久的终极杯和冬季开始的精英齐聚的全冠杯。有些队伍会派出正式选手练手，有些只会派出训练生来增加一些比赛的体验。

比赛说来就来，两周后的NT电子竞技赛的《荣耀拳王》的比赛，奚恋就挤入了十人中的参赛队伍。

奚恋在研究完路遇生对她的分析之后，又看到路遇生从屋子里搬出了一摞足有一米高的资料。

“这是？”奚恋瞪大了眼睛，心里咸苦，她从来没有想过打个游戏还要做作业，“能不能只用嘴巴说或者是直接用实战来教我？我为什么打个比赛，每天还要做这么多功课？”

自从第一次输给路遇生，被他血虐之后，奚恋就再没有机会和他打一场了。其实她也隐约有些期待，不知道以自己现在的实力和路遇生打一场的话，能不能胜过他。

“师父，大神！你就不能跟我打一打，然后以实践教学教我吗？”奚恋轻轻拉住路遇生的衣袖撒娇。

“电子竞技，也包括数据统计和分析的支持。”路遇生翻开资料，摊开在奚恋的面前，“你以为我一瞬间就能凭空变出这么多东西来？这些都是我这么多年来自己攒下来的，一些关于选手的习惯打法……我昨天晚上已经帮你整理出了这次比赛会遇到的对手。”

奚恋起初还有些哀怨，但听到路遇生这么说，心中不由得动容:“师父，这些都给我看啊？”

这都是路遇生这么多年来，打比赛积攒出的宝贵经验啊！就算是天才选手，也这么努力。奚恋刚刚的苦闷一扫而空，觉得自己应该更努力才对。

“我一定会好好研究的！”奚恋攥拳挥了挥。

“别着急。”路遇生抱起胳膊道，“这些，只是很小一部分。你将会遇到的对手，还有一些更强的选手，并没有参加这次的竞技大赛，你要了解的，还有更多。而且赛场上还有很多和你一样的新晋选手，他们对外的资料是一片空白，也不会很好打。”

“我会努力的……”奚恋说道。

路遇生轻轻挑眉：“我帮你做了这么多的准备，而且面对一大拨的菜鸡，我希望你不要蠢到家……连前四都拿不到。”

奚恋顿了一下，靠近路遇生，两个人脸对着脸：“路先生，你怎么将目标定得这么低了？我当然会拿冠军给你看的！”

看到奚恋一副信心满满的样子，路遇生心中不由得微微一动，觉得这小子其实还挺可爱的。

这么想着，路遇生便不由得脱口而出：“你要是真的拿了冠军，我就再送你一个礼物。”

听到有礼物可以收，奚恋不由得笑了起来，伸出小拇指：“说话算话，拉钩！”

“幼稚。”路遇生忍不住轻嗤，奚恋却自顾自地上前，拉住他的手，用自己的小手指钩住。

“那就这么说定了！等我拿个冠军回来，一鸣惊人，一飞冲天！”奚恋一边说着，一边从沙发上跳下来，张开双臂，尖细精致的下巴轻轻翘起。

路遇生看着这样的奚恋，有那么一瞬间，仿佛看到了当初那个浑身冲劲的自己。你就像当初的我，所以看着这样的你，我又怎么能忍得住，不伸出手来拉你一把？

Chapter 08

她上热搜了！
负面的……

NT电子竞技大赛，虽然选手实力普遍一般，但因为是很多新人崭露头角的机会，所以关注度也算比较高的。

奚恋因为颜值走红之后，在这次比赛的关注度中也可以算得上是名列前茅。要站在别人的面前打比赛，和队内练习赛可是完全不同的，光有实力还不够，你还需要拥有一颗能够承受住压力的强大心脏。

不过就这点来说，曾经有在拳台上打擂经验的奚恋可是完全不会有问题的。

倒是有一点让奚恋觉得有几分好笑又有几分尴尬，虽然只是预选赛，她却已经看到了舞台上有人为她应援。

谢丹丹有些兴奋地拉住她，指着不远处蹦了起来："小奚，你快看快看！那个牌子做得好漂亮，还会发光！那个发夹，还有你的名字哎！"

DM算是电子竞技界的一大豪门，在各个项目上出的成绩都不错，因此粉丝也不少，所以就算是新队员也会受到一些老粉丝的眷顾。

既来之则安之，虽然奚恋并不太喜欢别人是因为自己的颜值而关注自己，但她希望能用自己的比赛，把这些人从她的"颜粉"变成"技术粉"！

这次《荣耀拳王》的比赛一共有八支参赛队伍，其中三支老牌强队，QRhero、LL以及DM派出十人参赛，另外三支队伍派出六人参赛，剩下两队重在参与，派出三人。

一共五十四名选手，分两两一组，先进行一轮海选，直接淘汰一半的人数，入围二十八人，开始打小组赛，七人一组，分成四组，组内打单循环，胜利积1分，失败积－1分。最终每组选积分排名前两名进入八强淘汰赛，从而以后角出冠军。

海选的时候环境自然不怎么样，五十四个人，要分成六批来打，连裁判都很辛苦。

奚恋抽了签，在第三组打，算是一个还不错的结果。

只是一眼望去，看到别的选手都在认真地和自己的教练讨论着战术，奚恋心中不由得生出几丝羡慕，真想让路遇生来看看别人家的教练是如何教的。

“这种小比赛，我就不去给你坐镇了。”路遇生点了点自己的电脑，“我坐在家里看就好，省得你去了被别人暴打，我脸上还没光。”

奚恋简直气得牙痒痒！她发誓一定要让让路遇生瞧瞧自己的厉害，这次必须打一个第一名让路遇生好好看看，做不到的话，她的名字就倒过来写！

事情顺利得出乎奚恋的意料，海选她直接三比零横扫对手，让对方几乎毫无还手之力。接下来的小组赛她更是以六战全胜的战绩，直接进入了八强。

我未免也太厉害了一点吧！奚恋的脑子里，突然冒出这样的想法。而接下来的比赛，更是印证了这句话。

奚恋一路高歌猛进，打到四强。进行半决赛的时候，她对阵的是一位 DM 自家的老将 ID 为“Lucky”的邹成运。邹成运看过几场奚恋在基地的比赛，所以可能对她有几分了解，一上场，就将她打了个措手不及。

第一局输了并不是坏事，奚恋很快调整了自己的状态。想到之前路遇生给自己的资料里就包括邹成运，对这个人的招数和他经常会用到的角色和技能，再结合他上一局是如何出招的，奚恋在后面很快便破解了他的防守，迅速以三比一的成绩让一追三。

同样进入半决赛的还有和她一起通过春训进入 DM 的顾泽。顾泽的对手是一位 LL 的年轻选手，ID 为“刀锋”的胡风。奚恋在观看顾泽和胡风比赛的时候，察觉到顾泽自从进入 DM 之后，技术有了明显的进步，风格也有所变化，变得更适合他。看来顾泽说过要打败她，并不是在开玩笑。

虽然顾泽的进步很大，但对手也不是吃素的。胡风和奚恋的打法风格有相似的地方，就是很激进，经常会出现血条比对方低，反而打得更主动的时候，而他们的打法也比较克顾泽。因此，顾泽和胡风打满五局最终还是以二比三惜败于对手。

决赛发生在奚恋和胡风之间，冠军赛都是焦点之战，这一次自然也一样，只是两位选手都是新手，自然被人们称为新秀崛起的战斗，谁夺得这次比赛，以后便有称王的资本。

奚恋在上场的时候，接到了来自路遇生的电话。

都到这个时间了，不会再给自己来一拨指导吧？奚恋还真的有些吃惊。接了电话，路遇生在电话那头，也长话短说："我马上发给你一份资料，一定要看完，最好能熟悉，完全记住。"

看了一眼路遇生发过来的东西，奚恋瞪大了双眸，眼里还有几分难以置信。这应该是路遇生在这两天里临时做出来的，一份关于对手胡风非常详细的资料，而且是通过从小组赛到淘汰赛的几场比赛，认真研究出来的结果。

说是不在意，好像根本不愿意陪自己来比赛，根本不关心自己，实际上，他却连自己的对手都从小组赛就开始分析。奚恋心中莫名涌出一股不知名的情绪，再一次确认了，果然路遇生就是个嘴毒心软的人。

"谢谢师父，我会赢的！"奚恋也没有多废话，直接回了一条信息，表明自己的决心，还配上了一张 NT 奖杯的图片。

"都是你太蠢了，这些东西还需要我来准备，以后如果没有我的话，你自己做不出这些，就别说我教过你。"路遇生也毫不客气地回了一条信息。

虽然又被路遇生怼，但奚恋还是明白，路遇生在帮她做出这些规划和分析的时候，同时也是在将这样的方法教给她，让她知道打游不是光靠操作和手速就足够的。

顶级的选手，在这几项上，差别都不会太大，所以就要做到在其他方面都不输给对手，才能保证自己的胜利。

“我会自己努力学起来……不过，我想要师父一直当我的教练。”奚恋捧着手机，嘴角不由自主地上扬起来，想了想，又附加了一条信息，“(づ￣ 3￣)づ么么哒！”

路遇生抽着嘴角看着奚恋给自己发过来的颜文字……

太恶心了。

决赛开始，因为两边都是新人，彼此了解都并不太多，前两局都是在试探对方，打成一比一。

在渐渐有了手感之后，奚恋的手速和之前做的数据分析，就成功地表现出了压制性的力量。

三比一！

奚恋在击倒了胡风的最后一个角色时，突然头脑里一片空白。场上的解说还在高声提议，让大家为这一位第一次登上比赛舞台，就获得了冠军的超新星一次又一次地欢呼。

奚恋站在场地中央，捧起奖杯，感受到金色的彩纸飘洒下来，这种感觉……就像每一次看到拳王站在拳击台上高高举起手臂一样。

虽然是换了个舞台，但我可以！

场上，奚恋因为打到决赛而逐渐增多的粉丝，开始为其欢呼惊叹，他们真的没有看错人！他们眼中的奚宇，台上的奚恋，有王者之相！

然而从舞台上下来之后，对夺冠还没什么真实感的奚恋，只想捧着这个奖杯，快一点到路遇生的面前，让他看到，告诉他，自己可以！

如果没有路遇生，就没有今天的她，从一开始她以垫底的身份进入 DM 的春训，再到现在，第一次上场就拿到了 NT 比赛的冠军。如果没有路遇生，她可能早就被淘汰了。

赛后采访，奚恋羞涩地磕磕巴巴地回答问题，唯有在感谢自己的教练和团队上，说得很有底气。只是路遇生似乎还并不想将他是自己教练的事情公开，她也就简单用“教练”这个词带过。

同样来到现场观赛的倪凰，看着奚恋捧着奖杯，急切地跑过来，什么也没多说，只是轻轻扬了扬下巴：“去吧。”

虽然有些惊讶于倪凰竟然知道她想要做什么，但既然得到了允许，她还是背着自己的东西，飞快地转身先行离开。

谢丹丹准备跟上，却被倪凰叫了回来：“以后这小子是有大出息的，你跟着‘他’也要学会更多的事情，过来学习……从现在开始！”

因为一般不会有参赛选手这么早就退场，所以奚恋在离开体育中心的时候，也没有被粉丝围追堵截，她很顺利就乘车来到了路遇生家。

奚恋手里还握着自己的奖杯，一路小跑着来到路遇生的家门前，没等她抬手按下门铃，门就从里面打开了。

“我掐指一算，你小子差不多是时候到了。”路遇生淡淡一挑眉。

“你根本是一直在看着外面，等我吧？”奚恋直截了当。

“你也太自恋了。”路遇生撇撇嘴，“你现在来，是想说什么、做什么？不是就要这样和我干站着吧？”

“我是冠军！”奚恋高呼一声，将手里的奖杯高高地举了起来，在路遇生的面前晃动了两下。

奚恋直接扑到路遇生的身上，用力抱紧他：“谢谢师父，谢谢你！我终于明白，虽然我无可奈何，只能放弃我生命中最重要的拳击，但我还可以追求别的梦！我可以的！”

路遇生轻哼一声，抬起手来揉了揉她的发顶：“这个奖杯，我拿过五个，后来觉得没什么意思，就把名额让给别的孩子了。”

奚恋：“……”

拜托！人家好不容易这么兴奋，第一次拿冠军哎！奚恋哀怨地瞪着他。

“但是，还算做得不错吧。”路遇生非常勉强地夸赞了一句，“请奚宇同志继续保持下去，不要膨胀。”

奚恋偷偷将抱着路遇生的时间，稍微放长了一些，才和他分开。这个男人真的很奇妙，虽然平时这么毒舌，却给人一种很可靠的感觉，是个非常好的、让人觉得很不错的前辈。

一夜之间，“不服”的名字上了微博热搜，超话也被大家直接刷上了电子竞技的第五名，粉丝量成倍成倍地增加。

起初还只能默默粉奚恋的“颜值粉”也终于忍不住了——看，怎么样！我们家奚宇，不仅有颜值，还有实力，凡人们都颤抖吧！

于是，奚恋的粉丝群，就这样猛地活跃起来。

许多媒体在播报这条消息的时候，都带上了几分小小的猜测，不服是否会成为下一个不遇？

不遇出道即巅峰，且在巅峰就从未输过，只有他懒得去赢的比赛，没有他赢不了的比赛。

看到这样的奚恋，路遇生自然想到了过去的自己。但每个人的境遇不同，他也知道，以奚恋的经历来说，和自己也绝对是不同的。

路遇生可以嚣张，但奚恋不可以。这个冠军，她拿得不一定好，从长久之计来看，其实他更希望她的路能走得坎坷一点，先摔几个跟头，再慢慢爬起来，总比尝过甜头，再摔得鼻青脸肿，再也没有勇气爬起来要强。

奚恋的个性还有几分幼稚，路遇生几乎不用过多猜测就能预想得到，她之后大概会经历些什么。看不清自己的位置，看不上其他选手，并不是那种认为自己可以打败对方的态度，而是根本不将对方放在眼里，不尊重对手。人年轻的时候，总会因此付出一些代价。

即便是他路遇生，也曾经有过这样年少轻狂的时候，只是他后来成绩实在太好，几乎没有人会记得他的中二时期。

路遇生让奚恋不要膨胀，她倒是深深地记在了心里。这个时候的她还不至于看不起对战选手，毕竟她只是初出茅庐，对于大赛什么的，经验都不足，比赛结束去握手经常都会走错路。

很快，迎来了春季的第二场赛事，这次的杯赛虽然依旧没有终极杯和全冠杯来得重要，但含金量却比 NT 要高了不少。

奚恋在又一次的精心准备中，再次登顶。两次夺冠，不仅仅为她增加了大量应援粉丝，同时也终于让所有人开始正视起了她。

“教练，你说……我能不能在第一年就创造一个历史，拿个大满贯？”路遇生因为不是春天出道，所以之前春季的几个冠军都没拿到，严格来说，按照自然年的计算，他是在第二年，才将所有冠军拿到。

路遇生轻轻挑眉：“虽然我觉得以现在各大战队的实力，没有人能够赢过我，但比你强的还有很多，而且许多人不屑于在小杯赛上浪费时间，觉得有那个精力不如在家练习。你现在千万不能轻敌。”

奚恋想了想，在心中细数了一下，盘算一下那几个厉害的、和自己差不多的，也只是五五开或者四六开。按照现在她的方法，只要能吃透他们，还是能轻松打过的。

“倪凰说，最近有几个新的宣传，希望我能参加。”虽然奚恋已经自作主张地答应了，但还是要小心地和她的“师父大人”汇报一下的。

路遇生的表情变得难看了一些：“你到底知不知道自己现在应该做什么、不应该做什么？”

“教练，”奚恋望着路遇生，忍不住撒娇起来，“我是第一次和我的粉丝们见面，而且……倪凰姐姐说，你以前虽然不太喜欢参加商业活动，但还是会经常和粉丝们见面的，对吗？”

“终极杯马上就要开始了，你只有在终极杯上获得好的成绩，才能真正的一鸣惊人、一飞冲天，你忘了自己当初的想法了吗？”路遇生认真地望着奚恋，“比赛，准备比赛，才是你现在应该做的。我这次可不会继续像之前那样，全方位给你当保姆。”

“不！我会拿到冠军，证明我自己！”奚恋和路遇生对视着。她心里有些着急，想要让路遇生答应她，让她去参加粉丝见面会，所以并没有听出路遇生说话的语气，不似平日里的毒舌嘲讽，而是非常认真。

“好吧，如果这是你想做的。不过，你也记住，今天这些粉丝，能捧你到天上，明天你只要有一点差池，不小心出现一些意外，他们也会将你踩到泥里。”路遇生给出了自己最中肯的建议。

奚恋得到了路遇生的允许，开开心心地去参加了粉丝会。虽然她并不在意这些虚名，但她被这么多人追捧，说不兴奋和喜悦，那才是真的有问题的。

结果奚恋开开心心地参加了粉丝见面会的第二天，就被谢丹丹直接从床上掀翻了。

“小奚！”谢丹丹用力摇晃奚恋的身体，“奚宇！你快醒醒！出大事了！”

“嗯？”奚恋迷迷糊糊地揉了揉自己的脑袋，有些迷茫地望着谢丹丹。

“你看微博。”谢丹丹拿出手机，翻出微博摆到她的面前。

奚恋这才发现，自己的名字已经被刷上了热搜，再点进自己的名字一看——

“新生代电竞偶像派选手——奚宇半夜骚扰女粉丝，摸手搂抱一个不放！”

奚恋看到这标题就忍不住抖了一下。她性骚扰？这简直是开玩笑吧！

奚恋再往下拉，看清楚整个事件，这新闻底下的评论几乎是义愤填膺、图文并茂地将她在粉丝见面会上如何趁机对女粉丝下手的事情生动地描述了一遍，说得好像本人就在现场一样。

实际上这只是昨天粉丝见面会结束之后，天都黑了还有粉丝姗姗来迟，几个小女孩要求握手拥抱，她怎么忍心拒绝？

可让奚恋没想到的是，就是这几个拥抱和握手，叫他们找到了机会大做文章。其实是几个小女孩主动伸的手，偏偏选择的几张照片，都好像是奚恋去拉住某一个女粉丝，强行摸手和抱住那女粉丝一般。

“我……我没有……”奚恋愣愣说着，样子有些傻乎乎的。

奚恋别说处理这些事情了，一看到这些照片和乱七八糟的言语，编造得她都快要相信了，更何况是其他不明真相的人？

她几乎不敢翻看下面的评论，因为她只是随便扫了两眼，都看不到了不少攻击她的言论。

倪凰把奚恋从宿舍里提溜了出来，认真地望着她："我昨天有没有跟你说过，粉丝见面会结束之后，不要单独和粉丝见面，更不要有任何其他的身体接触？"

奚恋低着头："说、说过……"

她耷拉着脑袋，浑身有气无力。倪凰一瞬间，也没办法把脾气都撒在她的身上。这个小孩儿实在是太乖了，也干净得根本不像话，完全没心机和别人斗。

这几个粉丝，明显就是别队的粉丝反串，故意这么做的，更糟糕一点的设想，很可能就是其他战队，有人见不得这小孩儿现在人气成绩双丰收，想办法给她留下黑点。

倪凰觉得奚恋纯真、自然，也有昨天和她接触过的小粉丝相信奚恋不是这种人。

【财产千万的杨小舞：我昨天见过小奚，"他"特别好，也很腼腆，和我们握手都会脸红，怎么可能性骚扰别人？这么帅的小奚，想要什么女朋友没有？去性骚扰？我无脑站小奚！】

【驴驴的宝贝儿猪皮：感觉应该是故意用照片做文章，坐等反转。】

【冲不上前百不改名：我相信小奚，我也相信 DM 能处理好这件事，希望战队管理层别让我们失望。】

然而，这些帮着奚恋说话的人，终究还是少数，毕竟在大家看来，有照片就等于是有了实锤。许多路人，加上原本就看着奚恋不顺眼的，抓紧这个机会，开始对她的各种攻击。

【吻不暖：报警了吗？这样的人还是早点进去为好。】

【快跑吧，影子：啧，恶心，做人不要太奚宇！】

【玉树蝶花飞满天：求奚宇滚出DM好吗？DM这么好的队，别被一颗老鼠屎搅和了。】

【奚宇今天输了吗：啧啧，没等到他输比赛，等到他自己出事儿翻车了。原本对奚宇没太大感觉，但是脑残粉恶心人。路转黑。】

因为乱七八糟的评论太多了，就算奚恋心态再好，再怎么不在意，谢丹丹也还是禁止她再继续看下去了。没人看到自己被这样评论还会开心起来。

“这件事，暂时不要告诉我师父。”奚恋怕路遇生知道这件事之后，就真的对自己彻底失望了，“而且，倪凰姐也在帮我处理了。”

奚恋本以为像路遇生这种佛系大龄宅男，是不会有事没事就刷微博的……

谁知，第二天却有一道更加惊天的巨雷，划破长空。

毫无征兆的。

在发过退役声明之后，就再也没有被使用过，甚至没有登录过的“DM战队不遇”这个账号再次上线，并且发布了一条长微博。

这条长微博虽然文字与图片都很多，但条理清晰，让人一眼就能看到重点。

【DM 战队不遇：首先，我是奚宇的教练。】

路遇生光是用一个“首先”，就仿佛在整个圈子里都投下了一颗巨型炸弹，甚至是在 DM 除了倪凰和王灿烈以外的那些高层，从个人教练到选手，根本不知道奚恋是怎么突然冒出来的，就更不清楚她的替补教练是谁了。

原来不服的教练就是不遇！难怪“他”初出茅庐就这么厉害。那么，不遇对这件事，到底是怎么看的呢？

这样的言论一出现，一些喜欢不遇的人，就算不帮着奚恋说话，也会暂停闭麦，先看后面的发展了。

【DM 战队不遇：关于昨天的事情，我已经了解了一些。论个人感情，我站在奚宇这边。如果奚宇是一个道德品行不端的人，我不会收“他”为徒，相信我德行的人，希望大家能先冷静看待，不要听信一家之言，以下就是我对这件事的技术层面的分析。】

路遇生对那几个女孩子之前发的那几张照片做了技术处理，还原了那几张照片在 P 图之前的样子。真实的照片上，那个握手拥抱的女孩子，后面还跟着几个女生一起，对奚恋喜笑颜开。

如果这样也算是性骚扰的话，那以后不管是什么领域的小偶像，都不敢和粉丝合照了。

接着，路遇生再次提出，自己已经报警，并且获得了警方的允许，调看当时的监控，并且有一部分可以证明事实真相的，也得到准许，允许公开。

一小段视频也紧随其后放出。虽然当时已经天黑，但也很清楚地可以看到，几个女孩子突然冲了出来，一起团团围住了不知所措的奚恋。别说性骚扰，奚恋自己甚至都有些害怕这几个女孩子一般。几番劝说下，那几个女孩子强行拉着奚恋又是握手又是拥抱，都得到满足之后，才满足地离开。

最后，就是路遇生做出的，让人最意想不到的一个调查，就是调查了曝光微博以及下面那些推波助澜带节奏的账号，那些如出一辙的言语，果然都是来自无脑水军的。

虽然路遇生没有做出判断，但这个结果一出，大家差不多也都清楚，这是有人想要恶意中伤奚恋。

【DM战队不遇：事实真相并不见仁见智，因为真相永远只有一个。我们会用法律的手段保护自己，DM战队已经请了律师，将这几位损害奚宇名誉的人，告上法庭。触犯法律之人，自然是有法律来处理。】

【DM战队不遇：最后，身为奚宇的教练，我为这个臭小子的愚蠢，浪费了大家这么多的时间致歉。我们会继续努力，拿出更好的成绩来回报各位粉丝。我虽然已经退役，但奚宇继承了我的意志，也请大家继续支持他，我也会和他一起战斗。】

奚恋手里拿着手机刷着路遇生为自己写下的一行行的文字，突然鼻头有些发酸，努力控制着自己发热的眼眶。

不难猜出，路遇生在仅仅两天一夜的时间里，都为她做了什么。而且，从一开始，路遇生的那些文字就没有废话，没有为她博取同情地打掩护。

路遇生从一开始就非常相信她，路遇生因为相信她，所以才去努力调查。他也用事实向众人证明了，她是无辜的。

因为路遇生如此有理有据的一条长微博，风向立刻转变，几乎所有人都选择相信奚恋。之前那些帮助奚恋说话的人，也扬眉吐气，更是站出来替奚宇发声。不少理智的路人来给奚恋道歉，虽然还有一部分死鸭子嘴硬的无聊人士在生事，但几乎都已经被淹没在浪潮中。

同时 DM 战队官博也发表声明，绝不姑息违法乱纪之徒。

奚恋转身，冲出自己的宿舍，倪凰刚好站在外面。

奚恋问："倪凰姐，我……能出去吗？"

这几天起了风波，倪凰为了战队，为了保护奚恋，没让她从宿舍里出去，也算是禁足她惩罚一下。

看奚恋那着急的样子，倪凰不用猜也知道她到底想去哪儿。

奚恋还没得到倪凰的回答，便感觉到自己的脑袋被一只大手按住，然后用力揉了揉。她猛地转过身，发现路遇生不知道什么时候来了基地。

"师父！"奚恋猛地扑进路遇生的怀抱里，眼眶瞬间就湿了。

她也知道，这样就哭了，实在是丢人，可是眼泪如果是自己可以控制的，那还叫什么眼泪呢？

奚恋起初在路遇生的怀里只是轻声呜咽，路遇生原本想把这臭小子拉开，谁知道……这臭小子居然在自己怀里哇哇哭了起来。

“臭小子，你行不行？怎么突然哭了？”

结果路遇生不说还好，这么一说，奚恋心中更是委屈，连声音都不憋着，显然是将这两天憋在心里的东西，都发泄出来。

路遇生无法，只能张开双臂，随便“他”抱着自己，一旁的倪凰倒是并不太过惊讶。

虽然都是心理素质极高的职业电竞选手，但这帮孩子终究也不过十七八岁这样的年纪，甚至可能更小。谁来基地那几年，没有因为训练，因为比赛的失利而掉过几滴眼泪呢？

Chapter 09

奚宇，你不配
代表 DM 出战。

周围的人离开了，奚恋就更加肆无忌惮地赖在路遇生的怀里。

她也不知道为什么，自己对别人的身体接触依赖度会这么高，不……应该是……对路遇生的。

明明是这样一个嘴巴又毒，还得理不饶人的家伙，为什么会给自己一种可以完全信赖的可靠感觉？

“好了，别哭了，衣服你赔不起。”路遇生有些无语地低头看了一眼奚恋，“是不是男人啊，哭成这个样子？”

“呜……不、不是男人。”奚恋小声哽咽了一下。

路遇生：“……”

行吧，这小子，虽然哭唧唧的样子有点儿丢人，但莫名地又让人觉得有些可爱。

“我是你的教练，不管发生什么事情我都会和你共同承担，即便是格斗游戏，也不只是一个人在玩，知道吗？”路遇生沉着声音说道。

“谢谢师父。”奚恋吸了吸鼻子，终究还是有几分孩子气，难过来得快，去得也快。她用纸巾擦干净眼泪，马上就恢复了本来元气满满的状态。

“你要是再这么继续丢人现眼下去，我就不回基地住了。”路遇生冷冷地说，“你知不知道，我连最鼎盛时期，都没来基地住过，但为了带你这个臭小子……”

奚恋愣住，她是真的没有料到，路遇生竟然会为了自己，正正经经地来占 DM 教练的位置。

在今天路遇生帮她说话之前，她都认为这个可以称得上是《荣耀拳王》这款游戏中唯一神话的男人，只是一时兴起，甚至可能只是因为可怜她，所以才同意当她的教练。

可经过了这一次的事件，奚恋觉得不是这样的。

“师父，我会努力的！”奚恋笑了起来。虽然不知道为什么路遇生会对她这么好，愿意当她的教练，但她知道，既然得到了这份幸运，就要好好对待。

路遇生看着刚刚还在哭，一瞬间又笑容灿烂的奚恋，心头泛起一股说不清道不明的感情，酸涩无奈，还夹杂着几分没来由的欢喜。他真是疯了吧，竟然觉得当这个总是惹麻烦的傻小子的教练，是一件令人开心的事情。

“你还真是招黑体质，看了那些微博‘黑子’的留言了吗？别人都没你多。”路遇生这样说着，却又好像在奚恋的身上，看到了过去自己的影子。他也是因为长得不错，刚出道就吸引了不少人的注意力，但电子竞技，颜值就是阻挡你前行的障碍，因为会给你招来很多脑残粉，相应的，黑粉也会很多。

“那也不是啊……”奚恋抬手，揉了揉自己的头发，小声说道，“我觉得，还是有的……”

“你有本事给我说一个？就打《荣耀拳王》的？”

“你。”奚恋眼巴巴地望着路遇生。她的确没说错，路遇生的粉丝是她的几百倍，那黑粉的数量自然也是她不能比的。

路遇生：“……”

“回去把所有角色的基础连击再练二十遍。错一次加罚十遍，自己看着办。”路遇生毫不留情地说道。

奚恋在心里默默流下两行清泪:“师父！师父，我刚刚也没说错啊，您老怎么这么狠心呢？”

路遇生俊眉轻轻一挑，脸上带着几分戏谑却因为五官实在太好看，反而凸显了他的明眸皓齿，坏笑的时候更是增加了几分独特的气质：“我被黑子黑了太多年，黑化了。”

奚恋又看呆了，一时间忘了求饶——这个男人真是该死的诱人！

这两天真的像是坐过山车一般，心情起起伏伏，让奚恋着实感受了一把当流量小生一般的存在。

当晚，奚恋还接到了奚宇的电话，手机一接通，立刻就听到奚宇噼里啪啦一番质问。

“你你你！臭丫头，你给我关什么机！你那边怎么发生了这种奇葩的事情，到底怎么了啊？你哥我的名声还在你手里呢，都有不少好友问我这事儿了！”

“哥！你没把我的事情告诉别人吧？”奚恋有些紧张地问。

“当然没有了，我会那么傻吗！只是别人问我，为啥 DM 的新人这么像我，连名字都一样，我只能对不起我妈，跟他们打哈哈，说一定是我遗落在这个世界上某一处的……双胞胎哥们儿了。”奚宇叹息一声，“我现在是有个得了双冠的妹妹，还不能拿出去炫耀，唉……我好愁。”

“你就得了吧！这几个奖杯上面，刻的可都是奚宇的名字……也不知道，等我公开身份的时候，这几个奖杯会不会要求归还。”奚恋淡淡笑了一声。

“你如果公开身份，会被停赛之类的吧？你真的想清楚了吗？”奚宇有几分担忧。

“这一天……总会到来的吧。”奚恋轻轻抿了抿唇，“我总不可能一辈子顶着你的名字打游戏，而且……如果我不公开自己是女生的身份的话，那从一开始我做的事情，就都白费了。”

奚恋就是为了向大家证明，男孩子可以做到的事情，女孩子同样可以，所以才隐藏了自己女生的身份。最后公开才能让他们明白，自己做的事情才有意义，但随之而来自己应该也会受到很多的处罚吧，甚至可能一辈子再没办法进入《荣耀拳王》的职业赛场。

而且……路遇生会怎么想她呢？会觉得自己被欺骗了吗？这些，奚恋想都不敢多想。

便是这样辗转反侧，这天晚上奚恋睡得很晚，谁知道第二天早上八点就被谢丹丹从床上拉了起来。

“怎么了？地震了？失火了？我们快、快逃……”奚恋手忙脚乱地要从床上爬起来，却被谢丹丹拉住。

“小奚，小奚！别着急，是大神让我今天早点叫醒你，然后开始练习……”谢丹丹大眼睛闪烁了一下，露出几分无辜的表情来。

八点啊！整个基地，从来就没有人这么早起来练习的好吗？路遇生到底搞什么啊？

“那路遇生呢？”奚恋哼哼一声，一边揉着头发，一边无可奈何地去找衣服，然后穿上衣服，打着呵欠，转身去洗手间洗漱。奚恋隐约认为这段时间，也并不是路遇生起床的时间。

“大神、大神还睡着呢，他是昨晚叮嘱我叫你，但没说他自己也会醒。”谢丹丹小心地对奚恋说道。

“什么？他这个浑蛋！”奚恋终于忍不住跳脚了，果然她猜得一点儿都没错，只有她才被要求早起。

于是，从路遇生来到基地的第一天起，奚恋就过上了不太舒服的日子。不过她心里其实也清楚，路遇生只是为了压制一下她不服管教的性子。

“这一次终极杯的比赛，小组赛我依旧不会陪着你一起参加。有任何失误，都要自己认清、自己承担，最重要的一点是……赛前对选手的分析，我也交给你。”路遇生直接将所有赛前准备的压力，都丢到了奚恋的身上。

奚恋倒是觉得没什么，因为很多选手的比赛数据，路遇生其实已经给过她了。

“也不用做太多的准备吧？还有一些新人数据本来就很少，但是这些新人的话，能力也不怎么样，我与他们对战应该不成问题。”

听到奚恋如此无所谓的言语，路遇生忍不住皱起了眉头，拍了拍手里的资料:“注意,注意一点,这是终极杯,不是其他任何小的比赛！”

“师父，我知道了……”奚恋看路遇生的表情突然变得严肃起来，立即站直了身体，挺起胸膛，表情认真地说道。

感觉她根本没有自我反省的意识，路遇生无奈地轻轻摇头，从一旁拿出一个包装精美的盒子，他面无表情道：“都怪我多嘴，说了是要送人的礼物，给我包成了这个丑样子。”

“啊！什么？”奚恋看到路遇生递东西过来，下意识地伸出手，接住了路遇生给自己的东西。

“是新的操纵摇杆！”奚恋惊喜地拆开包装，虽然知道这支全球顶尖品牌的操纵摇杆从价钱上对于路遇生来说，根本不算什么，但她还是没想到，他能这么仔细地考虑到要给自己送这个。

“之前不是说好，你拿了冠军就要送你东西吗。快点儿适应一下，这可比我给你的那个操纵摇杆要灵敏得多，可以做出的极限操作也更多。后面的大赛，你就需要更加厉害的装备了。这是最新款，也是我认为最适合你的一款。”路遇生说道。

“师父给我选的肯定没错！”奚恋顿了一下，“那……之前那个操纵摇杆，我要还给你吗？”

路遇生看了她一眼：“那是我的第一个操纵摇杆，所以对我来说，意义非凡，如果你能……”

奚恋大眼睛瞪大了一些盯着路遇生的脸，充满期盼地闪烁了两下，接着有几分失望地“哦”了一声。唉，看来还是要还给他。

“先给你留着做个纪念吧，但如果哪天，我不当你的教练了，你最好还是能把我的摇杆还给我。”路遇生觉得自己的脑子一定是出问题了，要不然怎么会看到“奚宇”脸上露出这样期盼的表情，就觉得有些于心不忍，不想让她失望，所以松了口让她留下了。

“好。因为……我一直把它当成是我的护身符，有了它陪着我，就感觉好像是师父你陪着我一起了。”奚恋眯起眼睛来笑了笑。

一瞬间，路遇生被奚恋这样灿烂的微笑，晃得有些晃眼。

路遇生心里其实明白，这次自己如果不帮助奚恋搜集资料、分析对手，凭着她自己的能力，或许并不能在终极杯上获得特别优秀的成绩。

但是奚恋一味地只知道依赖他这个教练，便会遇到比输掉这场比赛更加糟糕的事情，因此，他做出了这个选择，并且是在如此重要的终极杯上。他相信，如果奚恋这次能够凭借着自己的力量得到了比较好的名次，那么奚恋就算通过了这一次的试炼；如果没有通过这一次的试验，对奚恋以后的职业生涯也是一次很重要的考验。

如果“奚宇”连这一次失败都无法经受的话，那么“他”也并不能拥有真正驾驭大赛的资格。

这是他路遇生走过的路，奚恋自然也会再经历一次，没有人会不经历失败，永远成功。

日子一天天地过，奚恋每天在基地的训练量，算是所有人中最高的，可路遇生还是觉得差了一些什么，隐约有种预感，这个臭小子，这次还真的不一定能走得太远。

终极杯比赛和所有的比赛流程都差不多，只是终极杯这样的大赛会有更多选手参加，不论什么级别的《荣耀拳王》职业选手都想来冲击一下这一次的大赛。

毕竟如果能拿到终极杯的名次，那才代表着职业生涯的巅峰。

而奚恋已经拿过两个不算太有重量级的冠军，而像她这样的也大有人在，他们都缺少一次大赛的证明。可以说这一次的终极杯的冠军，所有人都在虎视眈眈，像是一只只饥饿的野兽等待着出笼，等待震惊全场的好机会。

因此，参加终极杯的人也是所有比赛中最多的。

因为奚恋之前已经拿过两个比赛的冠军，所以这一次她很轻松地便拿到了DM去参加终极杯资格赛的名额，顾泽尽管十分努力却并没有能够拿到正选资格。

终极杯首先是进行一轮资格赛，这也是最简单的一轮比赛。因为大多数人遇到的，都会是较弱的对手，等于先行将一部分人淘汰掉。

奚恋和对手面对面的时候，对方很显然是认识她的人。

“不服大神！”那个年龄看上去比奚恋还要小一些的男生，看到她便兴奋地大喊了一声。

奚恋忍不住觉得有几分好笑，现在的她竟然也能被称作“大神”了吗？不过笑归好笑，她还是有几分沾沾自喜的，毕竟她已经是双冠在身的人，总觉得自己还是担得起这么一句“大神”。

然而这一场资格赛打得并没有奚恋想象中的那么简单。她费了好一番劲儿，才勉勉强强将比分打成二比一，这才进入了正选赛。

很显然，即便是面前这位名不见经传的选手，对奚恋的了解也是非常透彻。尽管对方在最后握手的时候说自己当真技不如人，但也看得出他对这次比赛没能成功打败奚恋而觉得失望。

奚恋这个时候才开始警惕了起来，不会已经开始有人在研究她的打法了吧？怎么好像是个人都觉得能战胜她？

奚恋虽然取得了资格赛的胜利，却并不怎么开心。回来的路上还看到几个小粉丝对她打招呼，现在有不少人认识她了呢。

奚恋忍不住还是刷了微博，果然看到大家对她今天比赛的评价，算是五五开：有一部分人对她表示失望，为什么打如此弱的一个选手竟然也耗费了这么大的力气；也有人认为，人都有状态不好的时候，今天的比赛赢了也就够了，有不足的再总结，以后进步就能更好了。

奚恋回到基地的时候，看到训练室的灯竟然还亮着，慢慢走过去，才发现屋子里还有人在训练，仔细一看，竟然是顾泽。

没有人发现她经过，她正准备悄悄离开，顾泽却从座位上站了起来："如果你这次没有拿到好的名次，就别怪我下次夺走你的正选位置！"

第二天的比赛，DM依旧拥有众多粉丝，其中奚恋的小粉丝也不少，他们挥舞着手中的荧光棒或者是小旗子、灯牌等各种应援物品。奚恋看得真是相当暖心，也更加鼓励自己要好好打比赛，让他们看到更好的自己。

奚恋的脑袋有些昏，满脑子都是之前网上对她状态不好的各种评价，还有顾泽对她说的那句话。不行，她一定要好好表现！

奚恋乱七八糟地想了很多比赛之外的东西，比如她输了，别人会怎么骂她，路遇生会对她有多失望……

她带着各种负面情绪上场。

令人意想不到的事情就在半个小时后发生了，拥有超高人气和不俗关注度的DM《荣耀拳王》分部的新晋选手、双冠在身、ID"不服"、中文名"奚宇"，毫无还手之力地便被另一位旁人甚至没有听说过姓名的选手，直接二比零击溃。

比赛结束奚恋还抱着自己的操纵摇杆，呆呆地站在场地边。她是真的不敢相信，自己竟然会这么轻易就被人打败。

明明是刚拿过两个冠军的她，竟然会直接倒在了资格赛的门口，甚至连一个小局都没有赢，直接被碾压。

“奚奚！奚奚加油！奚奚！没关系的！我们还有复活赛！”看台上，有个小女孩看到奚恋站在场边似乎是发愣一般久久不愿离去，不禁心疼又着急。

听到别人的呼喊声，奚恋才清醒过来。

她到底在干什么？不过是一次没发挥好而已，没事的，一定没事的。

对！复活赛还有复活赛，她可以参加，她一定可以力挽狂澜，重新打回来的！

复活赛算是主办方为了防止两位实力都很高的选手不小心抽签抽在了一起而误被淘汰的补救措施。

不过复活赛也并不是这么好打的，因为要尽量加快比赛的节奏，所以复活赛只打一局，然后要一直将所有的对手都以一局制胜，最终剩下两名选手获得进入小组赛的资格。

奚恋输了比赛，有几分沮丧地回了基地。等回去之后，她才发现，原来等待着她的不仅仅是沮丧和失望，还有不少人恶意的眼神和嘲讽。

其中就以没能参加终极杯比赛的顾泽为代表，再加上其他几名资深队员，却没有能够参加比赛的。

“我们DM这么多年来，可从来没有人在资格赛上就输了的。”顾泽这句话并没有对着奚恋说，但所有在场的人都能听见。

确实，DM战队派出的十人，除奚恋之外所有人均成功进入比赛的第二阶段。

“没事的，小奚，还有复活赛呢。你之前只是不小心没发挥好，没什么大问题的！”谢丹丹小声安慰她。

奚恋老老实实地来到了路遇生的房门前。

路遇生看着蔫头耷脑、没什么精神的奚恋，忍不住有几分好笑。今天比赛的结果他已经知道了，算是意料之中，却又在情理之外，奚恋的失败，在他的预料之内，却没有想到，她会败得这么惨。

看来奚恋的心理还远不如当初的他啊。路遇生想到自己趾高气扬了一段时间之后，第一次输比赛的心情，那种惨淡与不甘，真的是用言语难以形容的。只是他在挫败之后，是被激起了更高的斗志，但人与人是不同的，他也不知道奚恋在经历过这次失败之后，会变成什么样。

他私心希望他家小孩儿不要被打趴下，不然，还怎么算是他路遇生的徒弟。

路遇生依旧是招牌的抱着胳膊的动作，他淡淡地望着奚恋，嘴角轻轻勾起一个完美的弧度：“怎么，终于不再‘老子天下第一’了？”

“不是你教过我，要有自信吗？”奚恋输了比赛，心里已经很不是滋味，再听到路遇生这样嘲讽的言语，终于也有几分受不住了，咬着牙，眼圈泛红了起来。

路遇生听到她这么说，还真的一点也不惊讶，她会对他说出这样的话来。

“自信，不是让你自大。”

“我只是被针对了！”奚恋忍不住小声地替自己辩解了一句。

路遇生却在听到她的这句话之后，忍不住轻笑了起来。这一次，他面对奚恋给她的笑容并不是因为喜爱或者是欣慰，而是带着几分嘲讽的。

“你以为别人都研究过你，是因为你太厉害了吗？”路遇生轻轻摇头，“不是的，是因为你破绽太多，是很好击败的对手。只要别人稍微研究针对你的打法，就能够轻松打败你，他们何乐而不为？至于前两次为什么让你获得了冠军，那也是因为你是个刚刚初出茅庐的选手，别人对你还不太了解，输给你也是很正常的。”

“不可能是这样的……”奚恋听到路遇生的这种说法，不由自主地摇头。

不会的，她一直都觉得自己是最强的，怎么可能……怎么可能像路遇生说的这样？

“你是不是真的觉得自己无敌了？我之前让你做的准备，你肯定一点儿也没做吧？行啊，那就复活赛拭目以待吧。”路遇生这句话说完，心中隐约又有几分担心这个臭小子。最终，还是加了一句，“不过就算是输了的话，你也不用觉得难过，因为胜败是每一个打比赛的人都会经历的。不管是传统竞技也好，各种电子竞技也好，我不相信没有人会没输过，所以……”

“我不会输的！”听着路遇生说这些话好像就认定她肯定会输，已经在劝慰她了一般。她还没有输，她并没有输掉全部，她还可以继续再战！还可以拿到第一！

第二天的复活赛，奚恋因为表现得太过激进而频频出现一些非常低级的失误，别说能够打出好的成绩，甚至没有进入第二轮。

复活赛败北，她的终极杯之旅，也就到此结束了。

奚恋站在比赛场上，失败的人并不会引起别人太多的目光，也不知道是不是她的错觉，竟然感觉周围那些原本给她加油的声音都小了很多。

她知道自己的很多粉丝都指望着自己能在复活赛中杀出重围，甚至成为一名从复活赛中进入到正赛圈中，成功突围，夺得冠军的选手。

可她没有做到，她成了一名失败者……

“奚宇！不服！你是不服输的！要加油啊！”突然，一道突兀的加油声响起，那个声音还带着几分哭腔和悲伤。

那一瞬间，奚恋心头的酸涩终于涌现出来，眼角的泪水，根本不受控制地溢了出来。

她猛地转过身，朝着声音的方向深深鞠了一躬。

对不起，对不起，对不起！对不起让你们失望了。对不起，我让所有支持我的人都失望了。

奚恋提前被淘汰，便先回了训练基地。原本想灰溜溜地回到自己的房间，谁知道一进基地大门，就看到顾泽冷着脸站在那里，像是在等着谁。

“奚宇，你不配代表 DM 出战。”顾泽没有说其他任何嘲讽的言语，仅仅是望着她，说完这句话便转身就走。

她不配，是的，她连正式比赛都没进入。不管是顾泽也好，甚至可能是没有进入正式队伍的林晓展或者其他什么人，如果是他们去，一定会比自己打得更好。她的胸口像是被压着一块巨大的石头，无法呼吸。

奚恋觉得自己再怎么也安静不下来，马上就去找路遇生，却发现他并不在宿舍，也不知道到底去了哪里。

虽然她知道网上那些恶毒的言语，一定早就狠狠地喷到了自己的身上，也知道看了对自己没有什么好处，但她其实还是很想知道他们到底都说了些什么，他们到底对她有多么失望。

打开微博，一条条辛辣恶毒的言语都刺激到了奚恋的心上，那些原本对她就有敌意，一直找不到地方出气的人，现在终于抓到了把柄。

【废柴的二哈：怎么，电子竞技输了喷，赢了吹，粉丝可别无脑护了吧。】

【咿呀咿呀哟：乖乖，这么多的女粉丝，不是看脸来的吧？是不是连整个《荣耀拳王》的英雄都认不过来啊？就这还粉丝？】

【呵呵呵呵：我看有人说得没错，你们喜欢小哥哥的脸，干脆就拥护他出道好了，别继续在 DM 浪费资源了，OK？】

看到这些言语的一瞬间，说心态不崩溃，那都是假的。可奚恋只想问一问，她在打《荣耀拳王》方面，是真的那么没有天赋吗？她之前获得的冠军，真的都是只偶然，是运气使然吗？

谢丹丹看着奚恋整天如此消沉却还是没日没夜地打游戏，和林晓展两个人都很着急，却又不知道该怎么劝慰她，来来去去说的无非都是这些话，对她果然没有什么效果。

"我看……确实也只有大神能劝得动小奚奚了。"起点越高，也就意味着摔得越重，奚恋这只跌落在地上的小鸟儿，现在可是痛得不行的样子。

倪凰也将奚恋最近糟糕的状态看在了眼里，叹息一声。她觉得自己是不会看走眼的，这个孩子绝对是个好苗子，又有路遇生这么个大神级别的教练，以后肯定大有作为。

或许，这一次失败对"他"来说，真的不算是坏事吧。毕竟"他"还年轻，现在找到了自己错误的地方，想要弥补，还来得及。

倪凰："'小伙子'，姐姐还是放你一周的假期，回家休息休息吧。"

这个时候的奚恋异常敏感，听到倪凰说要她回家去休息，她想象

力很丰富地认为自己是否要被 DM 劝退了——他们已经开始后悔签下自己这样一个废物了吧？

倪凰如果看出奚恋现在脑子里想什么，一定会狠狠敲她一顿，自己给她放假，却被她这样胡思乱想成毫无感情的人。

好在没等奚恋拖着行李颓丧地回家，路遇生便再次出现了，看到手里拖着行李的奚恋。

听倪凰说了要给她放几天假，路遇生直接从奚恋的手里夺过她的行李箱：“放假了？那刚好和我回去。”

Chapter 10

她喜欢上了路遇生？

“和你回去？”奚恋还觉得自己有些蒙，完全搞不清楚。这个路遇生到底在想些什么。

就在她还没有完全弄清楚状况时，路遇生就一路拉着她出了基地大门，直接将她和行李都扔上了车，然后自己上了驾驶座。

奚恋无语，自己这是直接上了黑车了吗？她默默地摸了摸自己被路遇生抓过的那只手腕，抿了抿唇，暗暗在心中吐槽：您老难道不应该是腹黑毒舌属性吗？怎么突然变成了霸道总裁型？

但奚恋又有些在意，刚刚那一瞬间自己的心跳为什么突然变得那么快？路遇生想要带她回去，应该也是察觉到了她的情绪不对劲吧？是想办法要安慰她吗？其实路遇生就是这样，偶尔想想，她觉得他确实挺温柔的。

“跟我走吧，怕你突然哀伤起来，跳楼自杀。看在你是个失败者的分上，我先勉为其难收留你一下。”路遇生若无其事地说道。

奚恋忍不住对前座开车的这条“毒蛇”做了一个大大的鬼脸。哼！收回刚刚说他有时候还挺温柔的话。

“虽然我确实也挺可怜的，但我也没你想的那么脆弱，还跳楼自杀……大不了不再打游戏就是了。”奚恋努了努嘴巴，嘟嘟囔囔地说道。

路遇生听到这话，不由自主地轻蹙了一下眉头：“怎么了？就这么一次小小的失败就把你给打趴下了？那你还真是个泥人啊，口水稍微喷一喷就马上招架不住了。”

“可我自己也觉得很对不起战队，他们不是说……DM还从来没有人没进过终极杯的正赛圈。”奚恋确实对网上那些恶毒的言语深恶痛绝，但那些也并不是真正的，让她不想再继续打下去的理由。

对她来说，更多的还是自我怀疑以及……对周围的所有人在她身上的付出，对谢丹丹、倪凰、路遇生这些人怀有深深的愧疚感——自己不能给他们一个好的成绩做交代，简直是太说不过去的事情。

“我说你个臭小子，怎么这么多愁善感？果然，带你回来是正确的选择。跟我回去，我好好给你这脑子开开窍。”路遇生说着，一脚油门将车开得更快，“你虽然在不该自大的时候，狂傲自大，以至于造成了非常难看的结局，但我觉得……你这个人还有救。”

不得不说，对奚恋来讲，在这种处于特别低谷的状况下，能和她最信赖、最能给她安全感的路遇生在一起，是让她最舒服的事情。

“从今天开始，一直到放假结束，都不要打游戏了。”来到路遇生家，他给奚恋安排的第一个任务，就叫她有些措手不及。

“那是要做其他选手的分析资料什么的吗？还是……”奚恋下意识地问，她并不觉得，路遇生就会让她这样彻底放松下来。

“不，我的意思是，从现在开始不要做任何关于《荣耀拳王》的事情。你喜欢做什么都行，听音乐、看剧、看小说或者是看看你感兴趣的拳击比赛之类？”路遇生非常认真地望着奚恋。

“你是不是在开玩笑？”毕竟是职业选手，平时就算训练不太多，至少也应该碰碰游戏，保持自己的竞技状态。因为一直都在队里训练，所以以前自己的训练账号也停了很久，没有再打排位。现在刚好休息在家，明明可以将排位再打一打的。

“我是教练，还是你是教练？不是一定非要每天都盯在游戏上，才能变得更加厉害。”路遇生这样说着，让奚恋也没有办法反驳。

“那就……每天一个小时游戏也不能打？”奚恋有些闷闷不乐。

“当然不能，说好的再也不碰就是不碰。让我知道你偷偷玩的话，一定不给你好果子吃。”路遇生冷着声音说道。

奚恋拿他完全没有办法，但脑中又隐约觉得他是不是又有什么奇葩的事情要教自己？难道闭关不打游戏，出来再继续打，会变得更厉害吗？于是奚恋便无脑地开始遵循路遇生对她的要求，争取在假期这七天内不再去碰这一款游戏。

一天……

两天……

三天……

终于在她忍耐到了第三天的时候，奚恋知道自己再不能继续这样下去了！自从奚宇让她接触到《荣耀拳王》之后开始，奚恋还真的没有一天断过玩这个游戏。

就算打得不多，也会摸一摸手柄，这一次，能够忍耐到第三天，她觉得自己是真的要成佛啦。

要不然……趁着路遇生不注意，自己偷偷玩一下？奚恋的设想自然是很美好的，只是这个路遇生，也是个死宅男，整天待在家里也不出门，经常还会来监督她，看她是不是在打游戏。

而且客房的网线也被他拔了，想要在电脑上玩联机版也是不可能的。

“啊啊啊！不行！我要被路遇生这个浑蛋给逼疯了！”奚恋干脆朝着路遇生的房间冲了过去，她抬起手，用力拍门，“师父！你开开门啊！”

“臭小子，你又干吗？”路遇生看到站在门外的奚恋，忍不住皱起眉头来，这是要干啥呢？

“我想打游戏。”奚恋望着路遇生，认真地说，“不管是什么原因，你不让我打了，我忍不了了，自从接触《荣耀拳王》以后，我就从来没这么长时间没碰过它。”

路遇生听奚恋这样说，却是淡淡地微笑了起来，臭小子，这才第几天，就忍不了了。

“再把你刚刚跟我说的话说一遍。”

“我说自从我开始接触到这个游戏，就没有这么长时间不去玩过它。我受不了，我想打游戏了。”奚恋说道。

“你喜欢这个游戏吗？”路遇生问。

“喜欢啊，如果不是喜欢的话，我为什么要玩这么久？”奚恋非常自然地回答。

“对，喜欢就是这么简单容易的事情。那你为什么纠结？既然喜欢这个游戏，为什么不继续打下去？你喜欢就继续，《荣耀拳王》是它的名字。那么‘荣耀’这两个字，单单指的是在职业联赛中获得冠军的那个人吗？不，不只是这样的。”路遇生认真道，“只要你享受它，你享受自己的每一次进步，你享受自己的一个小愿望、一个小梦想达成时的愉悦，这就是你的《荣耀拳王》。奚宇，还记得你第一次夺冠时候的感受吗？你要做的，不是因为夺冠变得狂妄自大，而是要因为夺冠更享受这款游戏给你带来的幸福。”

奚恋听着路遇生的话，喉头不由自主地发紧。

是的，她是有多喜欢这款游戏，对别人来说，这或许仅仅是一款休闲娱乐的游戏；但对她来说，这款游戏是将她从黑暗中拯救出来的光明。

不能成为拳击手，对她来说是一次巨大的伤害。但《荣耀拳王》又让她找到了自己新的目标。第一次夺冠时候的感受，是的，那个感觉实在是太美好了。整个场馆以你为中心，所有人都为你而瞩目，和她曾经希望的，站在拳击台上，享受众人欢呼是一样的。

对她来说，最重要的也是，仿佛有人在告诉她：“奚恋，你可以，还有你可以做得好的事！从那天开始，《荣耀拳王》就成了她奋斗的梦想。

“可你现在却想放弃它，因为一次比赛的失利，就影响到了你对它的喜欢了吗？影响到这款游戏在你心目中的地位了吗？”路遇生继续问她，“不要以为游戏，就真的是儿戏。《荣耀拳王》也是我一直以来的信仰，我自愿当你的教练，不是想要看到我的徒弟像个缩头乌龟。”

“我……我明白了。”奚恋突然懂得了路遇生的意思，是她自己太懦弱了，明明不够强，努力让自己变得更强，这就足够了。但她却责怪游戏的本身，甚至还想到要放弃。

“距离冬季的全冠杯，还有两个月的时间。重新夺回粉丝们对你的爱吧，用自己的成绩，让那些喷子闭嘴。”

此时的路遇生，身上穿了一套很简单的家居服，下面是条水洗牛仔裤，上身是一件白色的休闲衬衫。明明是非常普通的打扮，但穿在路遇生的身上却就是不一样，为什么那么好看又显眼？

奚恋看着这样的路遇生，忍不住感叹，自己上辈子到底是做了多好的事情，才让这个男人阴错阳差地成为自己的教练。

路遇生突然对奚恋张开双臂：“难得想要对你大放送一下，让师父来拥抱着你安慰一下？”

奚恋愣了一下，还没反应过来，就直接被路遇生拉进了怀里紧紧抱住。

“别以为你师父就是傻的，你这小孩儿就是缺乏肢体安慰，所以每次都喜欢蹭在我这里搂搂抱抱。不过问题倒是不大，大家都是大男人。也没什么好遮遮掩掩的。”

这个人真是……原来她之前，每次偷偷地多抱了路遇生的那几秒钟，居然都被他发现了。

不过，此时此刻更让她觉得难受的是，自己狂跳不止的心和对路遇生的怀抱，难以抗拒的感觉。

这……这究竟是为什么？她能察觉到自己这样对着路遇生剧烈的心跳，是从一开始就有的。

难道说……

在奚恋想要多贪恋一会儿路遇生的怀抱时，他口袋里的手机突然响了起来。

老实说奚恋看到路遇生接电话的场景实在不多，大多数时候，他的手机不过是用来将玩游戏、听歌曲、看小说等这些事情，是可以综合用起来的一个工具而已。

“什么？马上回国？没人接？没人接也不要来找我。你是不是忘了，我们已经分手了？”路遇生的口气带着几分不耐烦，脸上却依旧是不动声色的表情，看上去并不像是太过讨厌。

倒是在另一边的奚恋，听到路遇生说“分手”，不由自主地愣住，要说分手的话……那就是？

奚恋刚好转过目光盯着路遇生的脸看，路遇生愤愤地挂断了电话，他对上奚恋有些萌的小脸，淡淡一笑：“前女友，麻烦精一个。”

前女友，前女友，前女友……

这三个字不停地在奚恋的脑中循环着，奚恋的脑子忽然一下子炸开了。紧接着的是，她的心脏猛地抽痛了一下。她居然觉得，有点难过……真是奇怪，他有没有女朋友，有没有前女友，和自己有什么关系啊？

“我、我没想到，大神……居然也有女朋友。”奚恋干巴巴地说道，心里莫名地无比沮丧，甚至可以说是很痛很难受。

心脏像是被一块大石头狠狠地压住，她连呼吸都很艰难了。怎么这么讨厌？她从来没有过这样的感受。

“电竞圈子里，大多人交女友都很早，能长情的也很多……你师父我也是个正常男人，交往个女朋友不算什么吧？不过值得纠正一下的事，现在是前女友了。”路遇生倒是显得挺无所谓的，淡淡一笑，调侃着也就过去了。

奚恋不知道自己还要不停继续问下去，她其实对路遇生的女友挺感兴趣的，但又觉得自己真的听完了路遇生的情史，会觉得不舒服，所以又不想问了。最终，奚恋还是错过了继续追问下去的机会，因为路遇生已经开始将机器连接起来。

“你不是一直都想和我再打一场？”路遇生淡淡一笑，“你多击败我一个人就让你多玩一个小时的电脑。”

“哼！那你可别小看我！给我等着吧！”奚恋决定将刚刚自己心中的不满，都发泄在游戏上。

住在路遇生家的这几天，奚恋不仅仅重新开始和路遇生学习各种分析对手、见招拆招的方法，同时也将自己的心态给调整了过来。

离冬季最重要的赛事全冠杯还有两个月的时间，这期间，还有NT的秋季赛，而这也是奚恋重新恢复训练之后的第一个目标。

这一次NT电子竞技秋季赛，奚恋顺利地拿到了第三名的好成绩，虽然并没有拿到冠军，但外界也感受到奚恋在渐渐恢复自己的竞技状态。奚恋自己也能感受得到，自从被路遇生提点过之后，自己就算是打练习赛也再没有那么痛苦，她更应该享受这个游戏的过程才对。

倪凰手里拿着一沓厚厚的资料走了进来，对大家拍拍手，引起正在练习的队员们的关注。倪凰抖了抖手里的东西："现在官方宣布了消息，是一件既好又坏的事。"

"什么？"

"倪凰姐姐，拜托你要说的话，干脆说清楚一点儿，别这样藏着掖着，让人觉得怪不好受的。"

倪凰淡淡眯了一下眼睛，说道："《荣耀拳王》是一款畅销了二十几年的格斗游戏，从线下到线上，从红白机、街机开始流行至如今的PC游戏。现在是个手游盛行的时代，所以……尽管玩家人数依旧不少，但《荣耀拳王》的人气逐年下滑，已经开始有不少用户提出希望有手游版本的《荣耀拳王》。"

"这……"奚恋顿了顿，"倒不是说手游不好，只是我们这款游戏讲究的就是打击感，还有用手柄或者键盘操作的细节，这不是手游能够体现的。”

“《荣耀拳王》出手游的意义是什么？手机能做出什么微操？难道要让人氪金就比对方多几管血条吗？”顾泽比奚恋更直白地表达出了自己的抗拒。

“对，其实官方也并不想放弃PC版本的《荣耀拳王》，所以……”倪凰耸耸肩，“不幸中的万幸，这等好事让你们这批小队员赶上了。今年，《荣耀拳王》官方准备进行最后一搏，放出千万奖金用来造势，数千万奖金，将在今年冬天的全冠杯之后，举办一场名为‘The King’的大型比赛，希望之后能以此带动《荣耀拳王》的人气，让它重新火起来，让这个游戏能够继续更好地运营下去。”

“‘The King’？”奚恋望向倪凰。

倪凰轻轻点了点头：“官方造势，这场比赛将会比终极杯和全能杯都更加重要。算是一年下来的一场总结吧，比拼出谁才是真正的王。”

“听着倒是挺刺激的，不过想到这是官方为游戏做出的背水一战，心情就好不起来了。”奚恋忍不住都要嘟自己的小嘴，轻叹一声。

“我们的不服小朋友，名字起得很拽，人倒是挺多愁善感的。既然这么难过的话，那就想一想，这是和你们息息相关的事情。你们要好好打比赛，争取带动起人气，让《荣耀拳王》再一次成为大家心目中最想玩的那款游戏。”

“这也不是我们打得厉害就行的。”路遇生听后倒是有几分无所谓，“官方也应该开始对游戏进行一些改动，更适合现在孩子们的审美或者是游戏喜好。不过你说我们这是因祸得福也不为过。千万赏金呢，大家加油吧。这也是我们家奚宇证明自己的好机会。看上去这个比赛以后应该会超越夏季的终极杯和冬季的全冠杯，成为顶级选手较量的平台。奚宇在全冠杯上，想要打出非常好的成绩，还是有几分困难的。但等到了 The King 比赛正式开始，‘他’应该会有机会拿到这个冠军。更何况，这个奖金可以说是非常不错了，我们多赚点也好。”

奚恋还真的是第一次听到路遇生说这么长的话。而且他莫名其妙地开口说出什么“我们家奚宇”竟然莫名地让她心头一跳。还有这种对于她的谜之自信，到底是怎么回事儿？他真的觉得……自己能有这么厉害吗？

真是无药可救了！为什么总是对着路遇生产生奇怪的感觉，奚恋虽然隐约觉得这并不是什么好事，却完全无法控制住自己的心。她总是想着路遇生，总是想着一切和他相关的事情。

谢丹丹看出来了，最近奚恋突然开始喜欢发呆：“奚宇这到底是怎么了啊？怎么好好的，天天露出痴呆的表情？”

谢丹丹原本是开玩笑的，却见奚恋竟然特别认真地点了点头：“我最近在思考一个很重要的问题。”

“什么？”

“丹丹，如果有这样一个人，你天天看不到他就想见到他。偶尔他会毒舌讽刺你一下你也不觉得讨厌，还忍不住觉得好笑。见不到的时候想着他，见到的时候还是想着他。他说的一些不经意的话，都能让你脸红心跳……还有……知道他有前……前任的时候，心里非常非常不舒服，连带着都不想跟他说话了的那种……这种现象……是不是太奇怪了？”

“哇！小奚，你有喜欢的人了？”谢丹丹惊讶。

连奚恋自己都被谢丹丹的回答给吓到了：“你、你说什么？”

“小奚你太傻了吧！你刚刚说的那种状况明显就是你喜欢上了谁呀？能不能和我八卦一下，看看是哪家的姑娘这么好运气？不过这也太难猜啦，你整天在基地里训练……也没什么女孩子能让你接触的呀。”

当然没有女孩子啦，因为对方根本就是男的啊！

喜欢？喜欢？喜欢？！

这个词突然在奚恋的脑子里炸开了，她根本没想到事情原来是这样的，她居然……居然是喜欢上了路遇生？

所以她才会过得这么别扭吗？比如，听说他有前女友，就会觉得心闷难受。

奚恋觉得自己确实是太呆了，如果不是今天和谢丹丹随口这么一说，她可能还要过很久才能意识到这个问题。现在被旁人一点醒，那些乱七八糟的记忆全都涌上心头。比如说她那么喜欢路遇生的拥抱；再比如路遇生的靠近，会让她不由自主地心跳加快。遇到事情也只想和路遇生倾诉，路遇生也是她此时此刻最坚强的后盾和依靠。

奚恋躺在床上，惆怅地叫了一声！

自从被谢丹丹戳破了这件事之后，她就无比痛苦又纠结。

要不要这么倒霉啊……为什么偏偏是自己遇到这样的事情？为什么偏偏喜欢上的是路遇生这个人？

而路遇生……到现在大概还认为她是个男人，根本不会对她有任何其他的想法。况且，奚恋真的觉得自己看不透路遇生这个人，总觉得他挺不接地气的，冷冷的，很难接近。更何况……他现在还有一个联系密切的前女友。

这么看起来……自己是不是太惨了点儿？

奚恋好像也找不到什么机会，和路遇生坦白自己是个女孩子的事情。没办法坦白就没办法奢望路遇生对自己的情感会有那么一丁点儿的小改变。

突然想到即便是路遇生也觉得值得重视的比赛，那就是“The King”。如果在“The King”拿到冠军的话，她就对外公开自己是女孩子的身份，也让路遇生知道她是个女生。如果他不讨厌自己的话，就想方设法对他告白；如果他不理自己……那自己就发挥牛皮糖的特性一直黏着他，直到他不讨厌自己，多看自己几眼为止！

终于在心中定下新的目标，奚恋的干劲就真的变得更足了。接踵而来的全冠杯的比赛，也将奚恋的注意力吸引走，让她不再这么纠结了。

身为教练的路遇生都不由得觉得奇怪……这个臭小子，到底是怎回事儿，突然就变得这么动力十足？

之前的终极杯，奚恋的成绩非常不好，所以她不希望在唯一能展现她实力的这场全冠杯比赛上，再一次失利。奚恋努力将自己的心神都放在比赛里。

这次她给自己定下了至少进入四强的目标。

比赛开始，资格赛时奚恋很轻松便拿下了比赛，小组赛她打得也很顺利，再没有像之前那样，容易被人看破，并且在路遇生的努力之下，她现在也有了一套，即便是被人看破了招数，也让别人无法破招的打法。

而且奚恋现在就算是处于战斗的下风，也并不会着急，因为她相信自己的实力，可以一点点地将优势重新打回来。

就这样，奚恋通过自己的努力，顺利进入八强。

Chapter 11

酒后乱到
不可描述……

奚恋终于算是知道为什么路遇生让她自己从之前开始做各种对战资料，还有一些针对对手的研究。

因为自己做出的这些资料，最后都会印在脑海里，在实战的时候，顺利运用起来，帮助她最终拿到胜利。

而这些东西，如果不是自己做的，它们就真的只不过是一些资料而已，死记硬背下来的，作用也并不会有多大。

最终，奚恋取得了全冠杯第四名的成绩，中规中矩，虽然对于习惯了看到她夺冠的粉丝来说，这或许还不足以让他们的质疑平息。但她至少透露给所有人的好消息，就是她在改变，她在努力变得更好，而不是因为之前的挫折一蹶不振。

也有理智的粉丝知道，全冠杯的规格，是之前两个比赛所不能比的，前四强的好成绩，已经算是非常优秀的职业选手了。

奚恋也用这一次的成绩，狠狠回击了之前认为全冠杯继续派她出战是占用 DM 名额的人。

因为全冠杯进入四强的关系，所以很多人对奚恋的态度，就再没有之前那么刻薄。她的粉丝们，也开始有了底气，相信她会变得越来越好。

不过，现在外人对她的看法，已经没有那么重要了，只有她自己知道，这个成绩是多么来之不易，对她也是一种多么有力的鼓励。

然而，那个可以和她分享结果的人，今天却不知道去哪儿了。

回到 DM 基地，她和大家庆祝了一下这个成果，冠军是 DM 的另一位老将获得，因此，更多的庆祝放在了他的身上，奚恋还是更急切地想要找到路遇生。

“倪凰姐，你今天没看到我师父吗？”奚恋问道。

倪凰听到她的话，忍不住笑了：“我说你们师徒到底是怎么回事儿？这么重要的比赛日，他竟然都不来看你？你倒是好，别说他来看你，人都找不到了，还问我要人啊？”

“呃……也不是，倪凰姐你知道的，最近师父对我放养了嘛，我又在专心准备比赛。而且……他以前也经常这样，偶尔会消失一下，不知道到底去了哪里。”

“打电话也没人接吗？”倪凰问道。

“嗯。”当然了，如果打电话路遇生接了的话，那她还怎么可能要问别人哪。

这么说着，奚恋就不由自主地想起了，当初路遇生的前女友打电话给他的时候，他毫不犹豫就接了电话的情景，不禁有几分吃味。

算了，还是等着看路遇生什么时候自己出现吧……

路遇生出现得并不晚，却并不是人来到了奚恋的面前，而是给她打了个电话。奚恋觉得，这也太奇怪了。

“臭小子，买两箱啤酒和一些小食带过来，我们来庆祝一下你今天得到了第四名的好成绩！”路遇生这样说道。

奚恋听到他的话，忍不住暗暗在心里吐槽，这样的配备，怎么看都像是他想要喝酒而已吧，才不像是要为自己庆祝呢。

但就算是心里清楚这才是真正的结果，奚恋还是不由自主地因为路遇生说要帮她庆祝而暗暗开心。于是，她遵从了路遇生的意思，买了啤酒和食物，上门去看她这位又不知道在作什么怪的师父大人。

奚恋带着东西上门，路遇生二话不说，便直接拿起一罐啤酒，打开喝了起来。

“哎，别喝得这么急啊。”奚恋伸手挡在路遇生的面前，不让他死命灌酒。她心中隐约觉得不对劲，又不知道到底该怎么和路遇生说才对。

路遇生轻轻地将奚恋的手推开：“让我喝点儿酒也不行？”

奚恋觉得，就是这种路遇生身上专属的，对别人冷漠的感情，让她特别受不了。

“是因为那个人？”奚恋干脆也不再去阻拦他，反而自己也拿出一罐啤酒来，咕咚咕咚地灌了大半瓶啤酒下了肚。

路遇生淡淡一笑：“你说什么？”

“是你前女友？你是不是特别喜欢她？你这么淡定又毒舌的人，竟然为了她买醉……你知不知道……”奚恋猛地又喝了一口啤酒，将自己差点儿说出口的话，混合着啤酒，直接吞了下去。

你知不知道？你这样，我真的是特别特别嫉妒，嫉妒惨了那个能够让你这么喜欢的人。

奚恋咂了咂嘴，怎么觉得这啤酒的味道这么苦呢？

“这么难喝，为什么要一直喝啊？”奚恋虽然嘴上说着，却还是陪着路遇生一直喝。

路遇生轻轻摇头:“我也希望,我也希望我是为情所困,那样多好!可我不是……臭小子，我如果能喜欢她多一些，就不会像现在这样自责，又觉得确实是自己浪费了别人的青春。”

“可你至少陪在她身边过啊！”

“那算什么陪……《荣耀拳王》几乎一整年都有比赛，我那个时候，有多么心高气傲，我要垄断《荣耀拳王》所有的冠军，我要成为神，我要让所有的人记住我。我成功了吗？我成功了！但成功的同时，我又突然觉得无比空虚。芊芊来问我，是不是从来没有爱过她？一般人肯定要否认吧？但我说不出口，我甚至……有点儿记不清楚，当初我们是怎么在一起的了。好像是因为一次同学的生日会，我和她都无聊，就一起偷溜出来，去网吧打《荣耀拳王》。说来也真是好笑，这些竟然也是和《荣耀拳王》相关的事情。今天她打电话来问我，我已经选择退役，还要不要和她在一起。我心里……第一个想法，竟然是拒绝的。”

就算你们没有什么实质性的情侣关系，至少，她曾经有过你女朋友这样的身份。奚恋想着。

她还是嫉妒、羡慕得要命！

慢慢地，奚恋喝得有些多，觉得脑袋有些晕晕乎乎，整个人有点儿……飘了！

“师父……”奚恋大眼睛微微眯起几分，眼神有点儿直。

路遇生也看着奚恋，抬手在她眼前晃了晃。

路遇生只觉得“他”这副小样看起来有点儿好笑，更有几分憨态可掬的萌感，忍不住笑了起来。

“师父，你笑起来，真好看……”奚恋不由自主地便这样靠了过去，整个人靠在了路遇生的身上。

路遇生早已经习惯了奚恋对他依赖的动作，这样的亲近，他几乎可以无视，更何况……是在两个人都喝得有点儿多的情况下。

奚恋突然拿起桌上的啤酒罐，高高举了起来：“来！继续喝！干杯！”

“喝吧。”路遇生喝得也有些上头，自然就没拦着，而是自己又开了一罐，沉默地喝了起来。

“师父……师父。”奚恋比路遇生醉得要厉害多了，她想把脑子里的路遇生给赶出去，却不知道她喝醉了反而满口叫着的都是她师父的名字。

奚恋想要起身，一个不注意，脚下一软，直接就朝着沙发旁边坐着的路遇生摔了过去。

路遇生抬起手，刚好接住奚恋，搂住了她的腰，稳住她的身体。

奚恋模模糊糊地看到了路遇生的侧脸，一下子张开双臂钩住了他的脖子，小脸贴近过去，整个人都直接黏在了路遇生身上："师父……师父……我……我有……有好几个秘密。"

路遇生看着她晕晕乎乎的，像是个小傻子，忍不住伸手捏她的小脸："你没有什么秘密，你什么秘密我都知道。"

"不是！你不知道！你肯定不知道这个秘密！"奚恋哼了一声，"你就是不知道！"

"那你能不能告诉我？"路遇生侧过脸，伸手轻轻摸了一下她的脸蛋。她的脸蛋很嫩，皮肤很滑，摸下去有几分腻手……路遇生就再不动作了。

虽然刚刚差点摔倒的时候奚恋有些被吓到，但有人愿意用怀抱接着她，还是不由得令人觉得非常舒服。

睡是不可能睡的，奚恋从沙发上爬起来强行搂住路遇生的脖子，然后凑近过去，在他的耳畔低声细语："我是女生。"

"嗯，你是女生。"路遇生一点儿也没觉得惊讶，反而轻轻点了点头，仿佛是终于确定了心中某件事一般。

"还有一个秘密，就是……我喜欢你。"奚恋几乎是用完全的气声说出这句话，但听在路遇生的耳朵里，却还是像一颗原子弹被丢出来了一半，发出一声巨响！

炸开了！

路遇生努力让自己冷静下来，深吸了一口气，没有太当真地笑了笑：“别乱说话！”

“我……我没有经验，师父……你说……你说跟你告白，是不是……这个样子？”奚恋显然思维已经混乱，歪着脑袋说出这样令人有些哭笑不得的话。

路遇生稍微清醒了一些，抬起手直接弹了一下奚恋的脑门：“知道自己在说什么吗？”

“我喜欢你。”奚恋不满意地哼哼，整个人贴得更近了。因为站在沙发上的缘故，她现在的高度刚好一把抱住路遇生的后背。她用自己的身体蹭着他，傻乎乎地笑着，“我真的真的真的特别喜欢你。”

路遇生深吸一口气，没有再说些什么，只是淡淡道：“小丫头，你是小丫头吧？你醉了，什么都别说了。”

“不要！这些话压在心里我太难受了！”奚恋干脆一转身，和路遇生面对面地坐在了他的大腿上。

路遇生：“……”

简直是在挑战他身为一个男人的自制力。

“你听不听我说的？”奚恋不甘心地伸出双臂，搂住路遇生的脖子。

她贴近过去吻在他的唇边，这还不够，她还不忘伸出自己红艳的小舌头，轻轻舔了舔他的嘴唇。

奚恋此时此刻无意识撩人的样子，让路遇生感觉喉头一噎，身体里有股难以言喻的情绪涌动着。

可路遇生又很清楚，知道自己绝不能乘人之危……她明明就是醉了。

奚恋一只手搂住路遇生的脖子，上半身几乎都靠在他的身上，黏着他。路遇生其实早已经习惯了奚恋对他的依赖，但这样的情况下，还是让人有些难耐。

路遇生无可奈何地用手揽住她的腰肢，防止她从自己的身上掉下去，摔到了脑袋。

“别闹了，其他的事情，等你酒醒了，我们再仔细说。”

“或者……我应该扑倒你？”奚恋突然也不闹了，就这样定定地望着他，清明的眼眸中又夹杂着几分迷乱，却更诱人了。

“我们……生米煮成熟饭。”奚恋压低了几分声音，贴在路遇生的耳畔，问完直接在他的耳朵上咬了一口。

路遇生喉结上下滚动，被奚恋的小米牙轻轻咬在耳朵上的时候，他直接一翻身，将奚恋压在自己的身下。

他双手撑在奚恋的身旁，奚恋仰面躺在他的身体与沙发之间的空间里。

要不是在这种情况之下，路遇生敢说自己大概真的会直接压上去把小丫头吃干抹净。

路遇生有些吃惊于自己的反应，哭笑不得。明明刚刚还在和这个小丫头说，自己对别人没有感情，现在就能被她这样的告白、纠缠闹得起反应。

每个人醉酒之后的状况都不大一样，看上去这个小丫头，像是醉了之后就胡乱表白，还搂着人不放的那种。但奚恋其实很清楚，此时此刻抱着她的人，是路遇生。

路遇生深呼吸一口气，努力压抑住自己心头那份熊熊燃烧的热意，抬起手挑起奚恋精致的下巴："你喝醉了，先睡吧。"

"我、我没醉……"奚恋小脸上露出委屈的表情，伸出手搂住路遇生的脖子，"不、不对，我醉了，可是我喜欢你呀，好喜欢好喜欢。喜欢你……是不会变的。就算喝醉了，也好喜欢你。"

路遇生被奚恋一句又一句的喜欢，说得也乱了方寸。他侧过脸，看着这个小孩儿精致的眉目，心中也是百转千回，涌动着无数的情绪，最终化成了一丝丝的甜蜜。

不得不说，奚恋在说喜欢他的时候，他是开心的，特别开心，他觉得自己好像从来没有感受过这样的情绪。

路遇生终究还是没忍住，借着酒劲，低头亲了亲奚恋的小脸，奚恋因为他的这个动作顿住。

她像是一只得不到爱抚的小奶猫，不甘心地抬起脑袋来，又吻又舔路遇生的唇瓣，样子呆萌："我……唔，你让我亲了，就是同意和我在一起。”

一个这么甜、这么软，还在他怀里，左边磨蹭磨蹭，右边勾引勾引的人，他路遇生真是觉得自己栽大了。他为什么会想到，要叫奚恋来一起喝酒？

路遇生只觉得，要是真的无动于衷，那他就真不是个男人了！

“小奚。”路遇生按住她的后脑勺，不再逃避她的吻，而是直接吻了上去。

“嗯哼……唔……”奚恋哪里承受过这样的吻，一时间也不知道是真的被两个人之间交缠的酒气迷醉了，还是真的被吻晕了，红着脸轻轻喘息着。

“别怕。”路遇生的手轻轻覆盖在她的双眸上，“我会负责的……”

第二天清晨。

奚恋趴在床上，头昏脑涨，身体动了一下……

奚恋猛地瞪大了双眸，然后迅速从床上坐了起来。她拉开被子，看到被子下面自己的身体，是赤裸裸的，什么都没穿！而且……那个地方也有点儿奇怪。

奚恋咽了咽口水，用力拍了拍自己的脸，昨天晚上的记忆，终于如潮水一般汹涌而至。她对路遇生告白了，不仅告白了路遇生，还企图把他扑倒，然后和他生米煮成熟饭。

所以……现在两个人的状况，是真的发生关系了吗？

此时此刻，奚恋脑子里像是奔腾过无数只可爱的羊驼。她该怎么办才好？路遇生不会觉得自己惹了事，就直接跑路了吧？

奚恋呆坐在床上，有几分不知所措。她还没有和谁交往过，谁知道第一次居然就这么劲爆。

路遇生推门走进屋子的时候，就看到奚恋一脸呆萌的样子，脑袋上翘着几根头发。

“现在是不是应该叫你，傻丫头？”路遇生上前一步坐在床边，抬手捏了一下奚恋的脸，她这才终于回过神来。

“师父……”奚恋嘟了嘟小嘴，喊了他一声，嗓音完全沙哑。

路遇生的目光瞥到了奚恋脖颈上清晰的吻痕，轻咳一声，去倒了杯水递到奚恋的手里：“先喝水。”

奚恋手里捧着茶杯，一点点地喝着，既是拖延时间，也是因为她现在完全不知道应该和路遇生说点儿什么，还是等路遇生先开口吧。

“昨晚是我太冲动了，现在你想怎么样，我都答应你。”路遇生停顿了一下，还是解释清楚，“不过，昨晚真的不是我强迫你。”

“我当然知道，我又不是要仙人跳，会讹你的钱。”奚恋看着路遇生如此谨慎的态度，忍不住说道。她不希望他有太大的压力，虽然她年纪也不大，但毕竟也成年了。成年人在这种事情上，你情我愿，她还是想得挺开的。

见她一副宽慰自己的样子，路遇生的嘴角便不由自主地微微上扬了起来，他侧过身，贴在她的唇上轻轻一吻：“但你可以讹我的人。”

奚恋彻底惊了！她瞪圆了双眼，难以置信地望着路遇生。不知道路遇生说的话，是不是自己想的那个意思。

但是……他刚刚的动作好性感哦，让人忍不住想要再亲一下。

奚恋这么想着，也大胆地贴过去，有样学样地在路遇生的唇上吻了一下。只是她还没来得及缩回自己的身体，就被路遇生按住，结结实实地又吻了一遍。

一吻完毕，奚恋白皙的小脸，彻底变成了红番茄。她歪歪脑袋，现在还完全不知道，事情发生得怎么这么突然。

“交往吧。”路遇生揉了揉她脑袋上乱糟糟的头发，“我们是不是需要重新认识一下？”

“我是奚恋，恋爱的恋。”奚恋温柔地说出这句话，脸上的笑意更深了几分，“奚宇是我堂哥，我借用了他的身份证。”

“好，奚恋。”路遇生点点头，“从今天开始，你是我的，我也是你的。”

毒舌的人，说起这种让人觉得不好意思的话，也是一套一套的吗？奚恋有些无奈，但心里还是不断地泛起甜蜜，冒出粉红泡泡。

这事儿说出去谁信啊？就陪着暗恋对象喝了酒，然后就莫名其妙地变成了交往的人，关键是她性别从男变成女，路遇生居然也是一点儿障碍也没有？

“你就不吃惊我是女生的事情啊？”奚恋其实心里还是觉得奇怪，

路遇生接受这一切也太平静了。

“没有什么区别，你就是你。”路遇生耸耸肩，给了她一个放宽心的表情，“你想吃什么？我要点餐了。”

“想吃螺蛳粉。”奚恋直接从床上跳起来，一下抱住了路遇生。

“师父，我真的好喜欢好喜欢你，我现在感觉像是在做梦。”奚恋说到这里，不由得停住，“我不会真的是在做梦吧？昨天晚上喝多了，我现在还在睡觉吧？”

对！有可能！这种事，真的是太有可能了！奚恋当场就被吓到僵硬。如果是梦的话，那她真想一辈子都待在这个梦里。

路遇生抬手，“咚”地敲在奚恋的小脑袋瓜上。

奚恋吃痛地皱眉，揉了揉自己的额头，眼角带着泪花地望着路遇生：“干吗敲我啊？”

“疼不疼？疼就不是梦。”路遇生微笑了一下。

“你你你！你什么男朋友啊！我抗议！”奚恋拉住路遇生的脸往两边扯了扯，“你应该打自己，表示很痛，然后再告诉我。这才是宠我嘛。”

“我什么时候说要宠你了？想太多。”路遇生将她按回去，“快点去洗漱，你的毛巾、牙刷什么的，我都拿过来了。现在我去帮你点餐，待会儿出来吃。”

路遇生转身离开，奚恋猛地躺倒在床上，抱住一个枕头就在床上滚来滚去。

苍天啊，大地啊！

她到底是感动了哪一路的神仙啊！她和喜欢的对象，怎么能这么顺利地就在一起啊？

哼！前女友算什么，现女友在此，其他闲杂人等统统都退散了吧！

不过，从一开始，都只有自己对路遇生不停地说喜欢，他还没跟自己告白呢。但是，他主动提出说两个人交往的，也算是变相地告白了吧。

如果路遇生不喜欢自己，那完全没这个必要委曲求全。他是为了要对自己负责吗？通过这么多天的相处，奚恋觉得路遇生绝对不是那样的人。

所以总结下来，路遇生愿意和自己交往，就肯定是喜欢自己的。

Chapter 12

路遇生，你……
难道是在同情她？

“Hello！男朋友，有没有兴趣，和你的女朋友对战一局啊？”奚恋手里拿着操纵摇杆，侧着小脸朝屋子里望过去。

现在这已经是奚恋的惯用伎俩了，只要亮出两个人这样的身份，不管是什么事情，路遇生都完全无法拒绝她的要求。

“下周去 B 城比赛，你收拾好东西了吗？虽然只是无关紧要的小比赛，但现在离 The King 比赛的时间越来越近。每一次的小比赛，都是一个锻炼的好机会。新套路用起来是不是还手生？不要藏着，你现在反正用了也会失误，别人不会当一回事的。”路遇生对她的态度，其实变化不大，除了每次两个人腻歪在一起时，她跟路遇生撒娇，这个人才会彻底软化下来对她的态度。

该执行他的教练职责的时候，他倒还是很尽责，完全不会因为两个人的关系而网开一面。

“哎呀，好啦，好啦，好啦！师父大人，我知道，下周才去 B 城呢，我现在急什么。”奚恋哼了一声，她其实就是还想和路遇生在一起，再多腻歪一会儿。这个人，怎么这么不解风情啊。

“后天就是下周了。”路遇生无奈地说道。他虽然没有说出口，但他心里也有些无奈，小丫头越来越懂得如何拿捏他。他虽然表面还维持着严师的形象，但也越来越没办法再对她下得去手，这绝对不是什么好事情。

果然啊，职场恋情被很多人所诟病的原因，应该就在这里。

奚恋在路遇生家里的时候，穿的都是路遇生给她买的女装，出门就还是会换成队服。因此，奚恋在家里的时候，就是路遇生眼中的小可爱，她想怎么打扮，就怎么打扮。

路遇生从口袋里掏出手机，刷新了两下微博，准备看一看是不是有什么不太好的热搜或者是评论，就找人控一下评。

就像之前奚恋被诬陷的那次一样，幸好被他及时发现，一声不吭地就开始调查，不然……还不知道最后会闹成什么样。

不过路遇生这边刷着刷着，突然就发现了一个奇怪的超话。超话的名字叫作“双不组”，名字奇怪，倒是没引起他的注意，主要是一张带了“双不组”话题的照片，引起了他的注意。

这是他和奚恋从基地一起出来的时候，他帮她整理衣服的照片。

毕竟两个人现在是交往的关系，互相喜欢的感情，是很难遮掩的。有句话说得对，这个世界上最难掩饰的三件事：咳嗽、贫穷和爱。

光是从照片里，两个人之间的眼神，有心者都能找出几分不寻常来。如果这是一张抓拍，那路遇生一定会觉得美好得想要将它珍藏起来。

可是这应该算是一张偷拍照，他们虽然在圈子内有几分名气，但毕竟不算是影视剧明星那样的公众人物，平时也并不会引起太多人的注意。

再一看那张照片，转发量虽然只有将近一千，但很明显，也并不是无人问津的那种，而是在一个很小众的圈子里流传着。混电竞圈子这么久了，他还能不知道这是什么吗？

路遇生感觉自己好像知道了“双不组”的意思，点进去之后，发现这个超话的活跃度还挺高，里面全都是各种各样关于他和奚恋的照片和画作，有的“同人”画画得还挺不错的，有的就有几分不堪入目，近似于“开车”了。

他和奚恋两个人的模样确实都不错，两个人之间的关系，也是比较引人遐想的教练和队员的师徒关系，要不让人胡思乱想也很难。

只是如果他和奚恋当真只是普通的教练与队员的关系，且都是男性的话，他说不定只会看个乐子。

但奚恋是女生，且身份总有一天要爆出来，等到那天来临的时候，这些自我娱乐的孩子，只会将他们当成大骗子，觉得他们欺骗了大家的感情，奚恋到时候遭受的压力就更大了。

路遇生知道，奚恋一直这么下去不是办法。她必须找个合适的机会站出来澄清自己的身份，事情越拖到后面越糟糕，特别是她的一系列成绩，都会因为违反官方规则而被抹去，禁赛之类的惩罚肯定也有，早一天解释，就能少一些惩罚。

路遇生走过去的时候，奚恋正在厨房里给他做蛋包饭。

被人突然从后面搂住腰，奚恋一时半会儿还没能反应过来，甚至微微一颤，但她很快想到是路遇生。

路遇生很喜欢这样的动作，从后面搂住奚恋的腰，然后贴在她的脸和脖子上轻轻吻一吻。奚恋其实很喜欢路遇生和自己做这样亲昵的动作，不过也有几分不可思议，他们两个人，从交往的第一天开始，就非常非常自然。

好像这一辈子，就没找到过，还有这么契合自己的人。

"小奚，"路遇生抱着她还是没撒手，"你什么时候对外公开自己的性别和身份？"

奚恋顿了一下，没想到路遇生会跟她提这件事。她点点头道："我准备参加过 The King 之后，拿到名次，就公开我的身份。"

路遇生听到奚恋的回答，不由自主地轻叹一声："为什么要在 The King 比赛之后公开身份？那样你获得的比赛成绩，是不算数的。你如果现在公开，我能找人压下这件事，你之前的成绩都作数，不会让你被禁赛……但如果你参加了 The King 的比赛，之后再告诉别人你是女生，那你很可能会被罚款、禁赛，并且取消成绩。"

"只有 The King 才有影响力。"奚恋转过身，望向路遇生，"你知道我为什么以男孩子的身份加入 DM 吗？我其实之前去过其他战队，但是他们都不收女生，认为我没前途。我最终决定，以男生的身份，偷偷加入 DM，拿到好成绩，再公开自己的性别。我要打那些人的脸！"

“比赛是公平公正的，你也不是没有遇到过女性对手？”路遇生认真地望着奚恋，“乖乖照做好不好？听我的话？”

“不行，我一定要在 The King 拿到成绩之后，再公开自己的身份。成绩没就没了吧，至少我让大家都看到了！”奚恋认真地说。

“你现在的竞技状态很好，保底前八，甚至有可能拿冠军。如果出了这种事情，绝对不划算。你不要意气用事，你用女孩子的身份，拿到这个冠军，不是也能说明问题吗？”

“你知道那些人说话多猥琐吗？就算是拿了冠军，他们也会说，因为我是女孩子，所以大家都给我放水！我只有用这样的方法，才能证明自己。反正名次只是一个虚名。”奚恋从路遇生的怀中挣脱开来，有些生气地走到一旁。

“你现在骗粉丝的时间越长，以后就会越麻烦。”路遇生拉住奚恋的手，“你公开身份，我就公开和你的恋情，好不好？”

“不好。”奚恋摇头。

“你为什么总是这么任性、不听话？”路遇生忍不住皱眉，“我说的这些，哪点不是为了你好？你要为了自己的意气用事，就葬送掉以后的前程。”

“那你为什么要打乱我原本的计划？”奚恋推开路遇生，拿上手机，气呼呼地冲出门去。

路遇生原本想要跟上她，但是见她还记得拿手机，知道小丫头也没有完全冲昏头脑，并非一时冲动，应该也只是想出去冷静一下，也没再继续追上。要不然看到自己追出去，她说不定会更生气。

路遇生看着奚恋的背影，无奈地轻声叹息，回到沙发上坐下，拉下窗帘，将自己陷入黑暗之中，接着按下手边的遥控器。

正对着他的墙面投屏上播放出视频，是在拳击台上，一个只有七八岁的小女孩，全身穿着防护服，整个人肉乎乎的一团。小女孩摆出准备动作，两只拳头互相碰了碰，像是只小狼崽一样凶悍的表情，随时等待着扑过去和对方大战一番。周围的人都欢呼着觉得她可爱或者向她投去宠溺的目光，只有路遇生能看出来，小丫头只是在认真比赛，她真的想赢。

“叮——”比赛开始，小女孩气势汹汹，毫无畏惧地冲了上去……

这段视频很短，这是十多年前的画面，路遇生也是费了一番劲儿才找到的。很快播放结束，视频自动跳到了下一段，这个时候的奚恋已经有十几岁的样子。这时候的她，身材已经拔高，变得高挑了起来，眉目也更加分明漂亮，但浑身上下那股冲劲，完全不减当年。

视频一个个播放下去，直到路遇生能搜集到的视频，已经全部播放完毕，他才很自然地起身，来到投屏前，伸出手指尖触碰到画面暂停之后所定格的奚恋的脸上，他手指缓缓移动，仿佛真的在轻抚奚恋的脸颊一般。

丫头，你看，即便是用女孩子、用小了别人好几岁的身份站上拳台，你也可以大杀四方、毫无畏惧，向别人证明自己的存在。为什么到了《荣耀拳王》的舞台，就变得执拗了呢？

路遇生手旁的电话，突然响了起来……

奚恋倒是也没有跑太远，直接找了最近的一家网吧，随意找了个机位便开始上网。她穿的是女装，倒是没人能认出她。

奚恋心不在焉地调出《荣耀拳王》来打，结果心情不好，不小心连跪了好几局。要是被人知道她这个堂堂职业选手，居然在排位赛上连败，大概会被人笑死。

她也不知道为什么路遇生会突然和她提公开性别的事情，但就是有几分被他打破了自己计划的烦躁感，主要是路遇生所说的也确实是事实。

为了一时的意气用事，到底值不值得？奚恋烦躁地操作键盘，一连串的暴击，打得对面的人毫无还手之力，最后甚至爆了粗口。她直接反手一个举报，心情好了许多。

“当然是不遇了！”身后突然传来一个稚气的少年音。

听到有人提及“不遇”这两个字，奚恋自然地转过脸去，看到是两个大学生模样的人正在打《荣耀拳王》，他们的身后站着一个十五六岁的少年，猜测可能是弟弟之类的。

“这年头还有喜欢不遇的呢？还不如去喜欢他徒弟，至少还在打，有比赛看。”

“那个不服？我看不行，没什么实力，都是被一群小丫头片子看脸捧起来的。”另一个人说道。

“不遇就是很厉害，他在最厉害的时候退役，以后也不会有人超过他。”那个少年攥紧了拳头，反驳他们的话。

那两个大学生笑了笑，继续打游戏，并没有将少年的话当真。

奚恋却心头一动，突然想起自己第一次在电视里，见到路遇生的样子，那个时候，他仿佛是一个神。

不，即便是现在，他也是自己的神。

她从电脑里调出当时自己看的那一场比赛。这场比赛路遇生难得打得比较胶着，以前她看不出什么，现在在了解了他之后，重新再看这场比赛，她便能察觉得到。

路遇生当时应该是思想情绪产生了问题，所以才会使得自己的操作变形从而给了对方机会，好在后面他感觉到自己快要输了，应该是重新振作了精神，这才力挽狂澜，赢下了比赛。

奚恋伸出手，指尖轻轻触碰了一下屏幕上路遇生的脸，她心脏猛地一跳，突然好想见到他，好想好想见到他！过去那个只能在电视屏幕里见到的路遇生，已经成了会在家里等她、吻她、抱着她的人了。

明明自己一直都很不安，生怕这个男人会从自己的指缝中溜走。奚恋决定不再和他闹别扭了，直接下机，转身就朝路遇生家走去。

回到家，奚恋先是敲了门，结果没人出来给她开门。奚恋满心疑惑是怎么了？难道路遇生担心她，出去找她了？

可这不科学啊，她明明出去的时候，拿上了手机，路遇生要是想找她的话，应该会给她打电话才对。

既然路遇生不来找自己……就主动打电话给他好了！结果奚恋拨了电话，好半天都没人接。

奚恋干脆找出藏在花盆底下的备用钥匙，打开门，走了进去。

“路遇生，你在家吗？”奚恋心里疑惑，但还是觉得路遇生说不定是没听到敲门声。

她一路将每间屋子都推开看了，确定路遇生真的是没有回来，才不由得疑惑——这人到底去哪儿了？

“师父怎么回事？”她转脸看了看还从来没有进去过的书房，路遇生平时就是在这里，帮她准备资料什么的吧？

奚恋小心地走了进去，翻看了几本书橱里的书，不禁觉得好笑。路遇生看的书还真是杂，从特别高深的，她碰都懒得碰一下的东西，再到漫画，全都放在一起。

奚恋随便逛了逛，想等路遇生回来，可心里还在想着乱七八糟的事情，比如路遇生应该不会被人绑架了啥的吧。

她突然发现办公桌旁，有一个反扣下来的看不到照片的相框。

为什么把相框倒扣过来放着呢？

奚恋的第一反应，自然是这张照片肯定是路遇生的那个前女友，要不然就是他和前女友的合照。

她想也没想，便直接将那相框翻开。她倒是要看看，这个前女友有多漂亮。

只是在她翻开了相框，看到上面的人的时候，震惊地瞪大了双眸。她难以置信地将照片拿到自己的眼前，努力确认这张照片上的人到底是不是她想的那个。

照片是两个人的合影，是路遇生和另一个比他矮了一些的男人，两人哥俩好地搭着肩膀，站在一起微笑着面对镜头，非常开心的表情。

为什么……

为什么路遇生会有这个人的照片？

奚恋攥紧了拳头，拿出手机，一遍遍地拨打电话，想要得到路遇生的回答，但电话虽然能拨通，却并没有人接。

路遇生，他到底去哪儿了？

奚恋将那个相框重新扣了回去，她并不想再看到那个人的脸，每当看到的时候，她的心脏还是会不由自主地隐隐作痛。

照片上的那个人，是她一辈子都忘不掉的！

当初那个撞了她的司机，她攥紧拳头，那个让她再没办法站在擂台上打拳的男人！

路遇生竟然和那个人认识，而且看上去还特别亲密的样子，那……路遇生知道自己手上的伤，就是因为那个人造成的吗？

奚恋一瞬间脸色惨白，她有些不知所措。明知道这和路遇生无关，他们的相见，本来就是巧合中的巧合，她不可能被人设计。

他们到底是什么关系？路遇生如果和那个人很亲密的话，应该不会不知道他撞过人的事情吧！甚至可能，他还陪着那人处理过和自己的纠纷？

奚恋那一瞬间，突然觉得空气都变成了刀子一般，只要她呼吸就会割得她胸口发痛。手伤，是她一生的伤痛，即便是到了现在，打了职业电竞，手腕永久性的损伤，也造成她无法长时间打比赛的状况。

如果一开始，路遇生就知道些什么呢？从他一开始答应当自己的教练，到后来同意和自己交往，会不会有这个因素在里面？

奚恋有点蒙，脑子里乱糟糟的，却依旧没有任何头绪。

奚恋强迫自己在家睡了一觉，结果一睡就是一晚上。

路遇生依旧没有回来，奚恋浑浑噩噩地起了床，整理了一下，自己一个人去了基地。

刚到基地，还没进训练室，她就被一旁的谢丹丹拉住："等等等……小奚！你先别去啊。"

"怎么了？我第一次来得这么早，想用一下训练室，居然还不行？"奚恋被自己的话给逗笑了，搞电竞的，还真的很少人一大早起来训练，都是睡到十点多甚至中午，因此现在整个基地，走动的人都少。

"你还不知道呢？大神昨晚回宿舍住了一晚，一大早他女朋友就来找他了，又白又瘦又美。两个人看起来真是般配极了！"谢丹丹有些小兴奋地说。

奚恋心里不由得紧张起来……

女朋友？那是什么鬼？拜托你擦亮眼睛看清楚，他的正牌女朋友现在就站在你的面前！

当然，这话奚恋只能憋在心里，是不可能说出口的。

“我去看看，你别跟着了。”奚恋说着径直走向训练室。

谢丹丹忍不住摸了摸自己的脖子。她才不去呢，应该说是傻子才过去。万一不小心听到什么不该听的，惹怒了大神，以后就别想在DM继续干了。

奚恋觉得特别无语，她居然在自己的训练基地，偷听自己的男朋友和别的女人的约会？

奚恋猜测了一下，估计十有八九，是之前那个一直纠缠路遇生的前女友。这女人是不是太大胆了，竟然直接找到基地来？

奚恋听到训练室里有说话的声音，很自然地退到一旁。她不贸然出现，应该还可以听到一些路遇生并不想让自己知道的事情。

“所以你不是自暴自弃了吧？”一个高冷的御姐声音响起，“和我分手之后，直接就在队里找了个小男孩？你别跟我解释说你们没有什么，我看到网上那些叫作什么“双不组”的照片，我喜欢你这么多年，还不至于连你的眼神和举动代表什么都不知道。你真的动心了？你这个人表面看上去冷，其实心里更冷，没有什么东西能让你有情绪起伏波动，唯一能有的大概就只有你的游戏了吧。”

“你别在外面乱说，不管我现在和谁在一起，我们都已经结束了。”路遇生的声音没有任何的起伏，即便是面对前女友，也如她所说的一般，面冷心更冷。

“你这就是承认了？路遇生你在搞什么？”楚芊芊显得难以置信，“什么时候你开始喜欢男人了？你现在还能回头是岸，这样的东西出来得越多，对你越不利。我之前不让你打游戏，现在看来，果然没错。你弄的这都是什么事儿？”

“还是那句话，我们现在已经没关系了，当初你给我的选择，我也做了。说实在的，我们……还是不合适吧。”路遇生轻叹一声。

“说什么不合适，不过是你不喜欢我而已。但如果你愿意，我现在可以为你甩掉那些绯闻，你也不要害了那个孩子，不如公开我们两个人在一起的消息。”楚芊芊说道。

路遇生听到楚芊芊这么说，忍不住轻笑了一声：“你算盘倒是打得好，你我虽然没有一线明星那种流量，但如果公开这件事，爆个热搜还是可以的吧。你既有了流量，我又甩不掉你，最后还是你稳赚不亏啊。”

“好吧，你觉得我是算计你也没问题，但我难道不是为你好吗？你别做出什么出格的事情。”楚芊芊继续说道，“和一个小男孩……”

“她是女孩子。”路遇生淡淡地说，“虽然她是男是女，是大是小，和你都没什么关系，但她其实是女孩子。”

“什么意思？”楚芊芊有些吃惊。

“还记得王成博那年危险驾驶，撞到的一个女孩子吗？”路遇生深吸一口气。

“你弟弟撞到的那个？你不会跟我说，那个小男孩就是这个女孩子吧？”楚芊芊回忆了一下，“我记得，她是运动员？受伤了之后，来当电竞职业选手了？路遇生，你……难道是在同情她？”

什么？弟弟？

站在外面听着两个人对话的奚恋，比楚芊芊更加震惊。一瞬间只觉得自己的脑子嗡嗡一阵轰鸣，思绪好像全都空白了一样，什么都听不到了。

原来那个害了自己，没办法让自己再站在擂台上打拳击的人，竟然就是路遇生的弟弟。只是不知道因为什么原因，他们并不是一个姓，所以自己根本不会想到这件事上。

世界这么大，真的有这么巧的事情，不……这也不能说是特别巧的事情，路遇生是从她找到他的时候，听到了她的故事，就知道了她是谁，才会答应当她的教练。

要不然像路遇生这样的人，怎么会轻易教导她这样一个差不多算是门外汉的人。

奚恋很快想到，那个时候，自己说关于受伤的事情，路遇生即刻便答应当自己的教练。

她一直以来，都以为是自己的故事打动了路遇生，所以他才愿意帮助自己，现在看来，并不是这样。

路遇生是在为了王成博赎罪吗？

奚恋往后倒退一步，她不想继续再听他们说下去，心脏像是被一只无形的大手，狠狠捏住了一般。

路遇生愿意教她，是因为她手受伤的关系，那么和她在一起呢？和她在一起，成为情侣，是不是也是同情她？

奚恋转身，快步走出基地，这里她再不想继续待下去了。

Chapter 13

你输了，不准再提分手的事情。

“不是同情，奚恋虽然失去了能够站在擂台上打拳的机会，却并不需要别人的同情。而我，只是想照顾她而已。因为她的样子很令人心疼，我不是同情她，是喜欢她。”

“你就这么喜欢她？”楚芊芊看着路遇生脸上露出的表情，心中不由得生出几分嫉妒。

“嗯，如果不是你来问我，或许我还不怎么确定。想想也对，我怎么会因为其他事情而委曲求全，强迫自己和一个不喜欢的人在一起？我大概是真的很喜欢她，至少我现在非常非常想陪在她的身边。”路遇生说着，微笑了一下。

“你以为我听不出你的弦外之音？意思就是说你和我在一起试了试，感觉不喜欢我就分了，对吧？可是她不一样。”

“我没这么说，你要这么想我也没什么办法。”路遇生面上毫无波澜。

“你告诉我这么多秘密，就不怕我将这事情告诉别人？”楚芊芊轻轻哼了一声，挑起眉头望着他。

“我告诉你实情，是为了让你死心。你帮我保守秘密，也别再来找我了。我告诉你这些，是相信你的人品。如果你要是用这些事情来挑衅，大可以试试。”路遇生大有一副“既然敢告诉你，就不怕你到处乱传”的样子。

楚芊芊只能愤愤地转身离开。

只可惜，奚恋在知道了这件事后，没有更多的心思往下听，早已经走出了基地，所以也没有将后面最重要的部分听进去。

假的！

原来这一切都是假的！从她用自己的梦想言论，打动路遇生开始，就是假的。

这个人根本不是支持自己追寻梦想，只是为了让自己心安理得，为了赎罪而和她在一起的事情也不是因为喜欢她吧？

怪不得她从一开始就觉得很不对劲，路遇生只是因为意外……就愿意和自己交往吗？那不是太随便了，他会喜欢自己？

奚恋根本不敢这么想！但他知道了自己是女生之后，也并不怎么惊讶，这件事倒是有了说法，因为他从一开始就知道自己是女的。

奚恋浑浑噩噩地冲出基地，直接回了路遇生的家。只是她发现回到这里，反而更容易让她想起路遇生，毕竟……这是路遇生的地盘，每个角落，大大小小每一处，都留着路遇生的痕迹。

路遇生把楚芊芊这尊大佛送走了之后，回到宿舍，一看自己的手机里电话短信一大堆，大部分都来自于奚恋。

想到自己今天特地跑到基地来见楚芊芊，就是不想让楚芊芊看到家里的奚恋，他反手给奚恋拨去电话，考虑应该怎么和她说，最终还是决定把实话告诉她，以免再生节外之枝。

只是这一次变成他打了好几个电话都没人接。

路遇生心中忍不住暗暗觉得好笑。难道是小丫头觉得心里委屈，也故意不接他的电话，让他也着急一下？

“奚宇今天怎么还没来基地？”等了好一会儿，没有等到奚恋过来，路遇生便直接找到了谢丹丹问她奚恋的事情。

“欸？小奚来了呀。”谢丹丹也有些惊讶，“我还以为你们两个在训练呢？”

“明天要去 B 市了，不是现在玩失踪吧。”路遇生心中隐约有些不好的预感，拍拍谢丹丹的肩膀，干脆转身跑了出去，“我去找找她吧。”

“哦，好，麻烦大神了。”谢丹丹虽然这么说着，但还是忍不住嘀嘀咕咕地觉得奇怪，原来刚刚他们两个人没碰到吗？

路遇生很快回了家，开门之后就看到坐在客厅里正在打游戏的奚恋。他笑了笑，上前去坐在奚恋的身旁，侧过脸望着她，一边抬起胳膊来用手肘碰了碰她的胳膊，一边说道:“怎么了？不是已经去了基地，怎么还回来了？”

“你能猜到吧。”奚恋想，他既然知道自己去过基地了，就能猜出她刚刚听到了什么吧？

“你有话憋在心里不跟我说，我怎么能知道呢？”路遇生望着奚恋，认真地说。

“那就分手吧。”奚恋不开口则已，一开口就直接给路遇生丢出了一个惊天大雷。

“不好。”路遇生说道。

“你又不喜欢我，我看她挺漂亮的，比我好多了，感觉你们才更合适。”奚恋淡淡地说道。

“闻到醋味儿没？”路遇生突然笑了，将脸靠近奚恋，“丫头，你说怎么突然这么酸啊？”

奚恋轻轻蹙了一下眉头，直接抬手将路遇生的脸推开：“我可没跟你开玩笑，也不是吃醋，事情我都知道了。”

“不管你知道什么，我也不分手。”路遇生隐约猜出，奚恋应该是听到了他和楚芊芊之间的话，但她如果真的听了的话为什么会对自己最后说的那些近乎告白的话语无动于衷呢？难不成没听见？

“没你这样做人的。”奚恋忍不住皱起眉来，“给我一点尊严吧！既然不喜欢我为什么不能放手让我走？”

“你哪只耳朵听到我不喜欢你？”路遇生忍不住叹了口气。果然喜欢的人，是个比自己小好几岁的女生，就不太容易猜出她到底在想什么。

路遇生伸出手来，捏了捏她左边的耳朵：“是这只？”又捏了捏她右边的耳朵，“还是这一只？”

“别跟我不正经！”奚恋哼哼一声，抬起手来揉了揉自己微微泛红的耳朵。就知道自己本来理直气壮想好的那些事情，只要一面对路遇生就立刻没了底气将其说出。

“我很正经，我没有不喜欢你，我也不分手。你想听我说什么，你就问我。我会认认真真、仔仔细细地跟你说清楚。”路遇生起初告诉奚恋这些事情，是不想她胡思乱想，毕竟从一开始想要当她的教练确实是因为听到她受伤的故事，他就猜测到这个女孩子，可能就是自己弟弟因为危险驾驶而撞到过的女孩。

毕竟姓奚，又是一个拳手，虽然她说自己是男生，如果没有这个先入为主的印象，将她看成一个个子比较高的小女生倒是也可以。

当时路遇生想的就是如果她真的是王成博撞到的那个孩子，那他于情于理都应该帮一下；就算不是，也当成是缘分吧。毕竟他在看着这个孩子急切地在自己的面前表达着关于她的梦想，关于她的曾经，整个人闪闪发光一般，叫人移不开眼。

更何况，奚恋在打《荣耀拳王》方面，确实有极高的天赋。不论是从过去到现在，路遇生的内心，还是念在想要培育一个真正的新人。无论从哪一点出发，他都要帮奚恋这一次。

“总之，我们还是分开一段时间，不然我没办法冷静下来。”奚恋说的也是真话，她现在看到路遇生，就心乱如麻。

“也不行。”路遇生坚持自己的想法，“只要我们还想在一起，便没办法逃避这些问题。冷静下来又能怎样？再见面，再分手吗？”

奚恋被路遇生堵得没话说，她当然知道，要是论耍嘴皮子，自己肯定是说不过路遇生。

“我们打一架？”路遇生说道。

“那我可不一定会输给你。”奚恋说着，摆出拳击的架式。她虽然有段时间没练拳了，但是这么久以来，拳击的基础也没有忘。

路遇生哭笑不得地望着她：“你舍得打我？”

奚恋直接被他调戏的语气闹了个大脸红，明明应该是很琼瑶剧的情节，两个人却这么冷静地站在一起讨论要不要分手的问题，还有心思调戏她开玩笑，大概也只有路遇生能干得出这种事来。

路遇生拿起桌上的操纵摇杆递到奚恋的手里：“来，五局三胜。你赢，我答应分手；我赢，你还要好好和我在一起，并且认真听我解释清楚。”

“比就比！”尽管知道自己和路遇生打游戏，实在没什么胜算，但奚恋从来也不是个认反的人。

两人打了三场下来，奚恋毫无还手之力，路遇生直接赢了。

“这不是你的实力。”路遇生直言，现在的奚恋虽然说不上可以和他相抗衡，但三局赢一局还是不成问题的。

路遇生有些担忧地说：“你明天这样，怎么去 B 城比赛？”

“不要你管。”奚恋低下头，却不是因为自己输了比赛，她心里压抑着的情绪还没有排解出来。

“说好的要听我解释，我现在说给你听。首先，我和你在一起，是因为我喜欢你。”路遇生知道这一点一定要和奚恋挑明了说。

这小丫头，实在是太没有自信了。她这么好，大可不必如此卑微。

奚恋听到路遇生的话，抬起手，挠了挠自己发红发烫的小脸：“我……我没什么值得你喜欢的。”

“说到这个，先亲一下。”路遇生直接上前，拉住奚恋的手腕，强势地搂住她的腰，低下头去。

“唔……”奚恋顺势闭上了双眼，感觉到路遇生那双熟悉的唇，贴在自己的唇瓣上。

她心跳加速，小鹿乱撞。没办法，不管发生了什么，她还是那么喜欢这个人，而且他也说喜欢自己。

“我是会为了补偿你而牺牲自己感情的人吗？”路遇生紧紧搂住奚恋的身体，贴在奚恋的耳畔，“第一次见到你，你敲开了我的家门，我让你进来，其实就注定了我们现在会走到这一步。”

他不知道为什么当初看到这个“臭小子”就莫名觉得很顺眼，总会偶尔在她的身上找到自己当年的那股莽劲，不管不顾一味地往前冲，经常会让人觉得，这大概不是什么好事儿。然而，高风险通常意味着高收益。

如果奚恋当初没有这么莽撞，不管不顾就来到 DM 参加春训，又怎么会有这么多令人值得回忆的后续呢？

奚恋在一年之前，可能还不知道电竞圈到底是什么；一年后，她成为一名具有天赋的空降奇兵，变成各大赛事中夺冠的热门。

路遇生回忆起当初的相遇，那个时候的自己，自信能教好她，却始料不及，他们之间竟然还有爱情这么一个选项。他没想到，自己居然会喜欢上这个小丫头。

“我……虽然知道你不是那种会辜负别人的人，但我没有自信你会真的喜欢我。”奚恋说。从一开始，她就像是台下的观众，只能远远地望着台上那犹如神一般的男人。

即便是到了现在，她也成一名小有成绩的职业选手，她依旧觉得自己是仰望着路遇生的。而这样的自己，到底有什么值得他喜欢呢？

“毕竟……你前女友那么好看，你都看不上，对她一点儿感觉都没有，怎么可能是我……”

路遇生被奚恋的话给逗笑了，揉了一下她的脑袋：“你是觉得自己长得比她差，还是怀疑我的审美？而且，你觉得喜欢上一个人，是因为她的脸吗？”

“你退役是因为她吗？”奚恋问，“你都能为她放弃游戏，为什么不能和她在一起？”

“算是，也不算是。”路遇生淡淡一笑，“当初和她在一起，是因为她给了我压力，加上我自己也一个人，孤独了太久，想要试试，看是不是能有一个人陪在我的身边，我可不可以和她一直走下去。但最后我发现不是的，我不应该为了不孤独而去寻找伴侣，应该是在适当的时候，出现一个让我不孤独的人。刚好那个时候，楚芊芊让我选择，到底要电竞，还是要她？”

“你就两个都没选？”奚恋还不知道路遇生的性子吗。

“是，我两个都没选。没有选择楚芊芊，是因为我并不爱她，不想再耽误彼此的时间。但放弃《荣耀拳王》除了是给她一个交代之外，更重要的，其实还是因为我自己迷失了前进的方向，突然不知道自己为什么在打，大概是赢到无敌手，就没有感觉了吧。《荣耀拳王》虽然只是一款游戏，但对于我来说，是激励我前行的动力。我享受那种击败别人的快感，但不知道从什么时候开始，我只要参加比赛，就会得到第一。所以我想了想，好像也没什么意思了，刚好遇到和楚芊芊分手的事情，干脆就退役了。不过于现在的我来说，已经找到了继续下去的意义……这个意义，就是你。”

两个人话说到一半，路遇生口袋里的手机突然响了起来，拿出来看：“是倪凰。”

“喂？不遇大神，你把我们家小队员拐去哪儿了？行李收拾好了没有？”

“知道了，明天我直接送她去 B 城和你们见面，到时候你把时间、地点发到我的手机里。”

“啊？不跟队走吗？”

“不了。”路遇生说完，便直接挂断了电话。

奚恋想到明天还有比赛，也不准备继续和路遇生再讨论感情方面的事情。

“总之，你输了，以后不准再提分手的事情。”路遇生捏了一下她的脸，“你现在的状态有些不对，明天的小比赛要是出什么问题，千万别着急。”

“我知道，又不是夏天终极杯时候的我了。”奚恋点点头，大半年过去，她也成长了不少。

B城比较冷，路遇生拉着奚恋去买了几套厚衣服，两个人这才上路。

路遇生特地买了上下邻近的卧铺，可以让奚恋好好休息。四五个小时的火车要是一路坐下来，也够累的了。

来到B城，奚恋换上了队服，才和路遇生一起归队。

谢丹丹一眼就看到了奚恋和路遇生，高声和他们打招呼:“太好了，我的老板们终于来了。嘤嘤嘤，别人都是跟着自家队员一起，只有我是单独一个小助理。”

林晓展在谢丹丹的身旁安慰：“丹丹，我不是和你在一起嘛。”

林晓展算是替补训练生，所以这种小比赛，也会安排他上场去锻炼，难得有机会在一起比赛，他还是显得很兴奋的。

奚恋抬手拍了拍林晓展的肩膀：“我最近状态不太好，能不能为DM争光，就看你们了。”

这场比赛，和想象中的一样，奚恋虽然进了小组赛，也以小组第二进入了八强，但在八强赛的时候，还是因为几个操作上的失误而葬送了比赛。

输了比赛的奚恋，也并没有太沮丧失落，以她最近的竞技状态，能打到八强，对于她来说，算是赚了。

尽管对比赛的结果早有预料，但这也并不是奚恋和路遇生想要看到的状况，因为The King比赛临近，奚恋如果再没办法将竞技状态扭转回之前的状态，也是很难赢的。

这一年起起伏伏的奚恋，非常需要这么一次证明自己的机会。

“马上有将近半个月的休赛期，你有没有想好去哪儿？”路遇生拉住奚恋的手，握在掌心。

“在外面呢。”奚恋挣扎了一下，却没挣脱。

“有什么关系。”路遇生继续道，“下周，欧洲那边有个邀请赛，我想带你过去。好不好？”

“欧洲居然也有比赛？”奚恋惊了一下，《荣耀拳王》虽然很火，但也只是本土游戏，“欧洲不是以几款线上游戏和团队游戏为主？欧洲的格斗游戏也有几款不错的，《荣耀拳王》在那边还是不太可能有市场的吧？”

路遇生笑了笑：“对，虽然欧洲的《荣耀拳王》玩家并不多，并且大多数是主机用户，但也还是有的。这次是我的一个朋友自己办的一次小型邀请赛，请了我们这边几位选手去比赛，然后是他的一些朋友，随便打打就好了，偶尔还要放放水。主要是来回机票食宿全包。”

“那不就是去旅行？”奚恋轻轻挑眉说道。

路遇生点头，抬手弹了一下奚恋的脑门：“你还真是聪明啊，去不去？”

“嗯……好吧，我还没出过国呢。”奚恋点点头。

虽然没有说出口，其实她心里想的是，感觉还没怎么和路遇生出去旅行或者是约会过，去国外的话，没有人认识他们，还可以玩得比较放松。

Chapter 14

奚恋，我特别特别喜欢你！

欧洲大陆到底是什么样的，奚恋也是第一次来。她英文不算太好，只会一些很简单的对话，甚至可能走丢了都没办法用语言功能自己找回来的那种，所以上飞机之前，她下意识地紧跟在路遇生的身后。

“你可千万不能把我弄丢啊。”这是今天奚恋对路遇生说得最多的一句话了。

路遇生看到这样战战兢兢，还牵着自己衣角，生怕被弄丢了的奚恋，又想到了他们第一次见面，那个时候冲劲十足的天不怕地不怕的小孩儿，突然觉得，这样的她也挺可爱的。

两个人刚下飞机，迎面便看到一个金发碧眼的典型欧美人长相的高大男子朝他们走过来。

“嘿，路！”金发男子一开口，却是一句纯正的中文，这让奚恋一瞬间对他的距离感就少了很多。

路遇生上前和这个金发男子击拳、拥抱。

“罗迪克，这位是我的女朋友，她叫奚恋。”路遇生非常自然地说道。

还是第一次被路遇生用“女朋友”的身份介绍给别人，奚恋下意识地有些脸红，对罗迪克微笑着点点头：“你好。”

“啊！她不是……”罗迪克愣了一下，虽然他人在欧洲，可身为一名资深的《荣耀拳王》爱好者，关于《荣耀拳王》大大小小的比赛，他都不会错过。

奚恋在国内《荣耀拳王》的圈子里，名气也不算小的，所以罗迪克一眼就认出了，这位奚恋，就是奚宇。

只是……奚宇不是个男生吗？怎么会变成了路遇生的女朋友？

“这是秘密。”路遇生对罗迪克眨眨眼，“很快她的身份就会公开，不过你需要暂时帮我们保守秘密。”

“明白，明白。”罗迪克连连点头，这么大的一个秘密，路遇生能告诉他，那就真的因为大家彼此之间是铁哥们了，“那，奚也会参加我的比赛吗？”

“当然了。这次，我们就是来参加你举办的比赛。”奚恋认真地说道。

“难道不是为了度蜜月？”罗迪克连连摇头，“奚，你的这个想法要改正。”

被罗迪克调侃了一句，奚恋不由自主地红了脸。

罗迪克忍不住笑了起来：“奚平时的游戏风格很激进，没想到私下的她是这么害羞的一个小可爱。”

路遇生轻轻一挑眉，直接伸手揽住奚恋的肩膀，将她揽到自己的怀里：“主要是遇到了关于我的事情，她都是这么害羞的。”

“我在树林里有一栋小木屋，那里环境很好。等到比赛结束，你们可以去玩。”罗迪克建议。

“那就提前谢谢你了，兄弟。”说着，他转脸对奚恋微笑了一下。

奚恋也难得看到路遇生有和别人这么不正经的时候，她突然就有些喜欢起了这个地方。

等到了比赛场地的时候，奚恋才发现了更多的快乐。

罗迪克和一群都喜欢《荣耀拳王》的欧美大兄弟，组成了一个《荣耀拳王》同盟会，平时会经常聚会，举行一些小比赛打一打，都很开心。

因为《荣耀拳王》是中国出品的游戏，所以这群痴迷于这款游戏的玩家，多多少少都会一些中文。奚恋和他们交流起来，也不是那么费力。

而他们几乎都知道“奚宇”这个名字，也都觉得她是很强的选手，每个人都想要找她单挑。

在这里，虽然说的是打比赛，但实际上，每个人都是在享受这款游戏。罗迪克始终保持着快乐就好的状态。

甚至从他们的身上，奚恋还发现了不少奇怪的游戏套路，她试着尝试过，竟然效果也不错。

奚恋渐渐地就和身旁的这群人玩到了一起，而在享受这个过程的同时，她好像也找回了初心，找回了最初玩游戏的时候，那种最放松的心态。

想到了第一次自己用套路打赢了奚宇时的那种畅快感受，当时的她还没有现在这么强，却非常开心，也非常喜欢这款游戏。

那么……《荣耀拳王》的真谛到底是什么？成为冠军，成为最强的人吗？不是的，或者应该说，不仅仅是这样的。

“我好像明白了你带我来这儿的意义。”奚恋趁着旁边没有其他人的时候，偷偷贴近过去，在路遇生的脸上吻了一下。

路遇生侧过脸，望着奚恋的神情异常温柔。

对上路遇生眼眸的那一瞬间，奚恋觉得自己看到了这个世界上最美的双眼，他的眼中仿佛有一条璀璨的银河，闪闪发光、炫目耀眼，深深吸引着她。

比赛结束之后，罗迪克便大方地将自己的小木屋借给了路遇生和奚恋。

起初罗迪克提到自己有栋小木屋的时候，奚恋是直接脑补成森林中猎人休息的那种小房子，但真正到达地点的时候，她才觉得，原来真的是自己见识少。

路遇生开着一辆越野车，带着奚恋一起进入了树林。奚恋原本以为会走很久，谁知道面前的视野很快便开阔了起来，迎面看到的是，一栋青瓦红墙点缀着白色雕花木栏杆的别墅。

“哇，好漂亮的房子啊。”奚恋忍不住感叹，双手扶在车窗框上，“我原本还以为是真的小木屋呢。不过怎么这么近，我还以为在森林很深处呢。”

“房子是不可能真的建在森林里面，那太危险了。”路遇生一边说着，一边停好车，“这套房子，其实也只能算是一套近郊小别墅，只是建在这么美的地方，罗迪克也花了不少钱。”

1月已是深冬的季节，路遇生怕奚恋冻着，拿起外套、帽子、围巾，将她裹得严实，才放她下车。

森林里的空气，可比城市中充满各种尾气、污染、沙尘的空气要清新得多，奚恋一下车，就感觉自己的整个呼吸道像是做了一遍清洁。

“哇，这里好美！也太舒服了吧……”奚恋抬头看着周围的环境，即便都是枯叶萧瑟，也宛如油画里的风景。

深冬并没有草木繁茂的景象，但在这样几乎没有被人为破坏过的环境中，是怎么看都很舒服的。

路遇生下车，拿起手里的相机，聚焦，对准毫无防备的奚恋，就是一通抓拍。

奚恋一回头就看到了给自己拍照的路遇生，哇哇大叫着扑过去：“我穿得这么丑，你拍什么啊！”

路遇生将相机举起：“不行，我觉得很好看啊！”

“你是直男审美！不接受，不接受！”奚恋的个子不算矮，但在路遇生的面前，还是欠缺了几分的，她蹦了好几下都没有从他手中将相机夺回来。

两个人闹了一会儿，路遇生牵着奚恋的手，去木屋旁的一个小湖泊看了看：“一般的房子，多是邻水而建。特别是这样的小湖泊，没有什么危险，环境还好。”

路遇生抬起手，指着不远处说道:“看到那条河了没有？这个小湖，就是那条河的分支。”

两个人绕着房子走了一圈，大概将周围的环境都了解了一下，还真的是除了他们没有其他任何人。不过在觉得美好的同时，又让人不由自主地觉得有几分害怕，毕竟这是荒郊野岭。

“不出来不知道，一出来才知道你胆子怎么这么小。从一开始刚到国外来，人生地不熟我还能理解，现在只是住一栋城郊的小房子而已，别看周围人虽然不多，这里却是很出名的风景区。”路遇生看着奚恋，忍不住觉得她好笑，更觉得她非常可爱。

“又笑话我！”奚恋率先进了木屋大门，看到屋子里面那装潢摆设，不由自主地惊叹，“这里也太好了吧？看上去完全就是一栋高档别墅啊！”

屋子里的家具全都是简单奢华的风格，不算是繁复的那种，但很有自己的特色，精致中不失一种属于家的温馨。奚恋倒是非常喜欢这里。

路遇生看到奚恋这么喜欢，自然也就更满意了，想着以后可能会多给罗迪克提一点打法上的建议，多带奚恋来和他们打比赛。

“我们在这里住一周，完全不碰游戏，好吗？”路遇生建议道。

“又来啊？”奚恋不禁想起她上次在迷惘的时候，路遇生就是这么对她的，结果让她没有游戏打，难受得要死。

“和之前不一样，之前是故意让你想要打游戏，这一次……应该是没这个时间让你碰游戏。”路遇生从后面直接将奚恋搂住，这是他最喜欢抱住奚恋的方式。

这样的动作，也让奚恋特别喜欢。她靠在路遇生的怀中，背后有最宽阔最值得依赖的胸膛，因为路遇生是她可以信任的人。

外面的天气虽然有些冷，但屋子里有壁炉，烧旺了之后，非常暖和。奚恋对这个壁炉很感兴趣。

“我之前看到烟囱，还以为是假的。”奚恋坐在旁边烤火说道。

路遇生笑着摇摇头：“要是假的，要这个烟囱干什么？”

“我以为，是这里的房子故意造出童话意境来啊。”奚恋搓了搓自己的手，继续说，“你不觉得吗？这里好像童话世界里的森林。”

“嗯，欧洲童话确实很美。”路遇生贴在奚恋的耳畔吻了吻，“比如……大灰狼和小红帽。”

“喂！你……”奚恋的耳朵被他突然吻了一下，一瞬间便发热了起来，然后耳根子的热一下子就蔓延到了整张脸。

“我们不分手，是吧？你输给我了，就要听我的……”路遇生说道。

奚恋当然知道，路遇生做了这么多，肯定是不想分手的。

“我是那种说话不算话的人吗？既然我愿意跟你打这个赌，那我就会认这个结果。”

“只是因为打赌，所以才不分手？”路遇生得寸进尺。

“我去看看卧室里怎么样？”奚恋没理会路遇生问的这句话，起身小跑着去楼上的卧室。

“那我也去看看卧室怎样？”路遇生追着走了过去。

奚恋突然停下脚步，拿起沙发上的抱枕砸过去：“流氓！”

路遇生：自己说什么了吗？

这一天两个人在屋子周围转了一圈，冬天天黑得早，刚到晚饭时间，外面已经完全黑了下来。

两个人坐在餐桌边吃饭，路遇生拿来地理图给奚恋看，在她的面前摊开旅游图册：“当地政府为了方便大家来旅行，直接将这一片规划成了七条旅游线路，我们刚好可以每天走一条。”

奚恋拿起摊在自己面前的图册，这张宣传图有中文翻译，因此她是可以看懂的，这七条线路看上去确实都很诱人。

七条线路，经过所有的自然保护区、历史保护区，他们可以看到各种原生态的森林、山川、湖泊，也可以见到欧洲王爵们留下的城堡，还可以感受文艺之路，有年轻的诗人在此留下世界著名的诗句，也有世界最著名的工艺加工厂，还有古老而又神圣的教堂抑或是直接感受纯粹的田园风光。

哪怕是不看旅游图册中文字的注解，奚恋看着那些图片，也不由得神往，最主要的是她知道这些图片都是真实的，而并非什么 P 图故意造出的意境。

“这几条线路都很方便，可以自驾，也可以骑行。”

“我都想试试。”奚恋点点头同意,“我们选不同的线路好了,你看,比如这条线是田园风光居多，我就觉得骑行挺好的。”

“你骑得动吗？这么长一条路？”路遇生凑过去看。

“当然了，我怎么说也是运动员出身，这点儿体力都没有怎么行？”即便是不能再打拳击，但运动员这个身份，也永远是奚恋的生命中最值得骄傲的一抹色彩。

之后的几天，两个人将七条线路统统走了一遍，奚恋身为没什么出国经验的小孩表示了自己的大开眼界，路遇生则是抱着相机，拍得满足。

最后一天，是奚恋之前选择的，骑行感受田园风光之路。周边的小路虽然不宽阔，但因为供旅游的人骑行或者开车通过，也已经整修得非常平坦。

只是有几分可惜，他们来旅行的时节是冬天，多少还是看到一些荒凉与萧瑟，不像春夏的春意盎然，也不似秋日的硕果累累，奚恋却不以为意：“冬天自然有它独特的风光。”

“说得对，我倒是觉得冬天很好的。”路遇生道，“我很喜欢。”

奚恋侧过脸，看了一眼路遇生，扬扬自己的下巴：“怎么样？不如我们来比比啊？”

没等接受挑战的人应战，奚恋便快速地蹬起了脚蹬，像是一条畅

快的小鱼进入水中，直接滑了出去。

路遇生惊叹奚恋的体力……果然就算变成了电竞职业选手，小丫头的底子也还没丢。路遇生也开始提速：“丫头，你可别想从我手心里逃出去！”

冬天虽然很冷，但两个人骑着车，身体不断发热，似乎都感受不到周围的凉意。

这个时候没什么太多的人来旅行，他们两个人可以更肆无忌惮一些，穿行在一条条小路中间，互相追逐着对方。

他们永远不是在和对方争夺出一个先后，而是鼓励着对方，一直前行。

两个人归还了租来的自行车，最后在已经结冰的湖边散步。

“喜欢的话，以后我们再来。”路遇生握着奚恋的手说，“看看不一样的季节和不一样的风光。”

奚恋却用力摇头：“世界这么大，我还想去别的地方看看。这里来过就算了，我还要空出时间来去别的地方旅行呢！”

路遇生听着奚恋的话，满眼希冀地望着她，盯得她都有几分不好意思了。

“咳……”奚恋轻咳一声，“当然，也想和你一起去。”

路遇生难得有笑得这么开怀的时候，他抬起手来揉了一下奚恋的脑袋。上一次这样笑，大概是在他第一次拿到了冠军的时候吧。

“路遇生。”奚恋叫他的名字，心中突然有种冲动，她有一句话想要问路遇生，也是一直憋在心里的一个疑问。

“什么？”路遇生等着她说下去。

“你要不要复出啊？”奚恋停下步子，很认真地望着路遇生，“你的梦想，应该是一直站在舞台上拿冠军吧？你现在还这么厉害，多打几年，不成问题的。”

“我的梦想，现在只有你。”路遇生一点也不别扭地说出这句话。

“唔……”奚恋回味路遇生的这句话，小脸一下子涨红了起来，侧过脸又忍不住笑出声来，“那你的梦想，实在是太简单了！你有没有想过再复出啊？”

“那你希望我复出吗？”路遇生淡淡一笑，望着奚恋，“希望我和你站在同一赛场上？”

“嗯嗯！”奚恋用力点头，没想到自己心里想的事情，一下子就被路遇生看透了。

“我会复出。”路遇生给出了一个出乎奚恋意料的答案。

奚恋惊了，还以为路遇生会直接否定自己的答案，毕竟对于他来说，至少在这个游戏上，是真的再不可能找到对手了。

“但也不一定……”路遇生接着说道。

“哪有你说话这么大喘气的！”奚恋没好气地说道。

“就像 RPG（角色扮演）游戏里的彩蛋，我复出是需要一定条件的，条件如果达到，就会自动触发我的复出。”

“说得这么神乎其神，简单来说，就是要满足你的条件，才能看到你复出再打比赛是吗？”

“算是吧。”

“那这个条件可以说吗？”奚恋望着路遇生，不停扑闪着大眼睛，放大招。

路遇生伸手捏了一下奚恋还带着几分肉感的小脸：“条件就是，等你超过我。”

奚恋一时间没能反应过来路遇生的意思，便听到他继续解释道：“等你超过我，成为新的霸主，超过过去曾经站在最巅峰时期的我，就是我应该复出的时候。”

“对！”奚恋笑了起来，“你的对手，只能是我！我会站在最耀眼的舞台上，等到你复出的那一天。”

奚恋的话，不仅仅是在表明自己对路遇生能够重新回到赛场上的期待，更是在向路遇生表明自己一定会不负众望成为最顶尖的《荣耀拳王》的职业选手。

有的人一生的梦想可能就是坚持一件事，而对于路遇生来说，却是在最好的年纪，做最适合的事情。在遇到奚恋之前，他没想过自己如果变成教练会怎么样；在遇到奚恋之后，他明白了很多事情。

他们的相遇，不仅仅是相知相恋，也是奚恋在职业选手的路上的成长，更是他作为一名教练，在当教练的路上的成长。

他可能会复出，也可能不会复出，但他会永远是奚恋的教练，是奚恋最亲密的人。

“不过人总会年纪大的……我总有一天，会从你心目中的神坛走下来。”路遇生想了想，嗯，倒是不确定会不会永远成为奚恋心中的大神。

“不会的！绝对不会！”奚恋贴过去，趁着他没注意，在他的唇上吻了一下，“就算你七老八十，也永远是我心中的大神。”

“那你会陪我一起走到七老八十吗？”路遇生问。

“你这问得也太远了吧……”奚恋想都想不出来，路遇生和她老了之后会是什么样子的，“但至少我可以保证，先跟你一起走过今年春节，哈哈哈！”

“那我就会努力，让你陪我走过一个又一个春节。”路遇生微笑着说道。

两个人回到小木屋的时候，天已经彻底黑了下来，吃完饭洗漱之后，就直接睡了。

也不知道是不是因为快要离开了，奚恋第二天很早就醒了过来。感觉到外面好亮的样子，她从床上起身，来到窗边，抬手直接将窗帘打开。

“哇！”她一声惊呼，直接转身跳到床上，搂住路遇生，用力摇晃他，“师父，师父！你快醒醒！”

“干吗呢？”路遇生抬手揉了揉自己的额头，显然还睡得迷糊，完全没有清醒过来的意思。

“你看！你快看外面！”奚恋转过身，抬起胳膊指向窗外。

路遇生努力睁开双眸，望向窗外，也微微愣了一下。

下雪了……

也不知道是从什么时候开始下的雪，窗外一片银装素裹，地上、树上、邮箱上、房顶上……

到处是一片纯白，积雪不算太厚，但也有了几分深度，雪还在纷纷扬扬地下着，估计一时半会儿是停不下来的。

“我们去玩雪吧！”奚恋望着路遇生，大眼睛里闪烁着星星点点的期盼。

路遇生本来想问雪有什么好奇怪的，觉得还是睡觉更有意思。但在看到奚恋眼里的希冀的时候，他完全没办法这么说出口来。

“好吧。”路遇生从床上磨磨蹭蹭地起来。

身为宅男的他，虽然有适度地锻炼身体，但早起离开床这件事，也绝对是很痛苦的。

但就算是再不愿意，路遇生也还是穿戴好，见到奚恋穿的衣服不多，又拿出外套和围巾，将她整个人都包成了一个粽子。

“穿这么多，待会儿怎么玩雪啊？”奚恋不满地低声抗议。

“是玩雪重要，还是身体重要？”路遇生表情严肃了几分，重新拿出自己之前做教练的气势来。

“玩雪！”奚恋点了点小脑瓜，“身体还能养好，雪化了就没了。”

路遇生直接敲了一下她的头：“感冒发烧不是一天两天就能好的

病，春节前 The King 的比赛就开始了，如果因为身体的原因输了比赛，那我就真的要敲你了。”

“你已经敲了。”奚恋揉着自己的脑袋，拉住他的围脖，让他靠近自己的脸，“路遇生，我从来没想到你竟然是这样一个唠叨的男人。”

“那也要看面对谁，教练本来就是个偏向于老妈的角色。”路遇生拍拍她的肩膀，“好了，我们去吧。”

一听到路遇生这么说，奚恋立刻像是一只被放飞的小鸟，直接便冲了出去。

眼前一下子开阔了起来，周围全都是皑皑白雪，因为周围都并没有路人什么的经过破坏这些积雪，所以那一层层的雪堆积在脚下、屋顶上，都像是一大片柔软的棉花糖，叫人觉得喜欢。

“好美啊，真的像是童话世界。”奚恋站在雪地里，转了一圈。

她今天穿的是一件大红色的外衣，脖子上戴着红黑格子的围脖，脑袋上戴着一顶黑色的、带着两个猫耳朵形状的帽子，整个人看上去朝气蓬勃，又像是只调皮的精灵一般。

路遇生拿着相机，调整成了视频拍摄功能，一路拍下来。

奚恋虽然对于路遇生一直对自己各种抓拍的事情表示不屑，但是几天下来，她终于习惯了这件事。

“你过来！”她拉过路遇生来，“待会儿我在这里躺下来，印出一块我的形状，然后你在旁边，也躺下来弄一个你牵着我手的样子。

要小心，不要弄坏了哦！”

路遇生虽然露出了无奈的表情，却很配合地点了点头。

天冷穿得多，雪也渐渐厚了，两个人倒下来，也不太痛，只是起身的时候，要小心翼翼，不能破坏了两个人的轮廓。

奚恋在一旁兴高采烈地用手机拍照，存下来当屏保。现在她和路遇生的关系还不能公开，自然是没办法用合照或者是对方的照片当屏保了。这么做，倒是挺不错的！

奚恋拍完照，发现路遇生还在对着他们手牵手的印迹拍，于是偷笑着跑到一旁，蹲在地上，开始攒雪球。

“路遇生！”奚恋朝着他大叫，等他一转过脸，一个雪球直接朝着他的脸上砸过去。

雪球很松散，她虽然砸得很准，却一点儿也不痛。也是，小丫头哪舍得真的砸痛他。路遇生看着她捂着肚子大笑的样子，也笑了。

“哈哈哈！你怎么不躲啊！”奚恋看路遇生就直挺挺地站在原地被自己砸，好笑又奇怪。

路遇生还是那样望着奚恋，这样大笑着的她，好像浑身上下都散发着温暖的味道，他好渴望能够靠近，更靠近一些这样的奚恋。

“奚恋！”路遇生突然喊她。

奚恋做出格挡的姿势，像是怕他反击。

“奚恋，我喜欢你！”路遇生大声喊道。

他将相机放在一旁，两只手摆成扩音的动作，抬起头，用尽了全身的力气大喊："奚恋，我喜欢你，我特别特别喜欢你！"他这句话，不仅仅是在对奚恋的告白，更像是对这天地的誓言，对这份情感的剖白。

"啊啊啊！你干吗？"奚恋愣了三秒后，捂着自己的脸，突然有些控制不住自己的情绪，难以置信地笑出了声，"什么鬼啊！为什么突然表白？"

奚恋蹲了下来，她的双肩轻轻颤抖着。路遇生跑过去，将奚恋捞进自己的怀里，紧紧地拥抱住她。

路遇生没有去看她的脸："奚恋，相信我好吗？我是真的真的喜欢你，不是因为任何其他的原因。王成博是我弟弟没错，但是我们父母在我们小时候就已经离婚，并且也各自再婚。我们两个人的姓都已经不同，我会因为他而更照顾你一些，却不会因为他而假装喜欢你。我说喜欢你，就只是纯粹的喜欢而已。还有，我为了楚芊芊可以退役，那是我给她的交代和我的决心，但并不是爱。我愿意在之后的日子里，一直陪在你的身边，你登顶夺冠也好，低谷迷惘也好，我都会在，我都在……因为爱。"

"嗯。"小脸埋在他怀里的奚恋，轻轻应了一声。

Chapter 15

性别曝光，
义无反顾！

两个人从欧洲回去之后，感情自然是上升了一个台阶。只是奚恋还没有公开身份，他们也都只能克制住彼此的感情。只有在家的时候，才能腻歪一下；在外，自然是继续保持他们非常和谐的师徒关系。

今年的春节是 1 月 28 日，The King 的比赛，就在 1 月 20 日开始，有两周的比赛时间。先进行淘汰赛，选出前八强的选手。等春节过完，大年初七开始，进行最终夺冠的比赛。

The King 的赛事在国内已经炒得火热，当然这也是《荣耀拳王》主办方的最终目的，如果不能将这款游戏的热度再带动一下，他们就还要另辟蹊径。毕竟游戏出来不是让人白玩的，游戏公司不是慈善机构，如果往后再无利可图，他们是不会再继续跟进这款游戏，甚至可能渐渐将它淘汰掉。

奚恋最近打了几次训练赛，状态非常好，她的情绪已经调整了过来，心态也和之前大有不同。技术上，有路遇生的保驾护航，她不会比任何一个人差，尽管她现在算不上是夺冠大热门，但也依旧有竞争力。

奚恋这段时间的状态起伏，已经令她的粉丝们早已经“佛系”。

【菲菲连夜跑：奚奚加油哦！这次的比赛，也有我们家的应援。】

【影子不哭：结果不重要啦，只要小宇能开心就好了，享受过程，享受比赛。】

【我是不服的小裤衩：小福福打出自己的风采就行啦，我们快乐起来。】

【不服不是不福：福福我爱你，快乐起来！快乐起来！】

奚恋看着大家给她的这些鼓励，哭笑不得，大家竟然已经“佛系”到这个程度了，一句“冲冲冲”都没有了。还真是，快乐比赛，快乐粉丝啊。还有那些乱七八糟的称呼是怎么回事？真的不得不佩服粉丝们的联想力，“福福”这个称呼，她反应了半天才明白过来，原来是“不服”的“福”，所以服服＝福福。

不过经过这段时间的沉淀，已经让她之前的那拨“墙头粉”跑得差不多了，现在还能留下来继续喜欢她的，基本就是铁粉了。

【DM不服：谢谢大家的喜欢，这一次我会全力以赴，不忘初心。】

万年不发微博的奚恋，终于发了一条。一瞬间，她的那些大小粉丝，包括一些之前已经沉寂下来的路人粉，也都冒了出来。

黑粉也不少，毕竟奚恋这个人，值得这些“喷子”黑的点还是挺多的，但她也不会在意，因为就算是路遇生这样的人，都有人看他不顺眼，整天想着要喷他，她也就心理平衡了。

这个微博账号还是当初倪凰强行帮奚恋开通的，也挂上了黄V，只是她几乎没有自己登录过，翻了一下只能看到里面的几条信息，都是她在得到成绩之后，俱乐部发布的恭贺消息。但就算是这样，也还是有很多人在这些微博下面给她留言，鼓励她。

今天用一下这个微博，她也是想着，等自己打完 The King 就会公开身份，到时候，可能就需要这个微博来道歉吧，那个时候……

奚恋的指尖轻轻滑过那些奇奇怪怪、让人哭笑不得的名字，心中有几分酸涩：“你们也都会走掉吧？不对，应该还会继续骂我。”

正如路遇生之前和奚恋说的，如果她得到了不错的成绩，再公开身份，那么会迎来的，不仅有她对自我的证明，还有腥风血雨以及各种处罚措施。

她欺骗了大家，就是欺骗了大家，不管有没有其他的什么理由，当个骗子，总不是什么好事儿。所以她也知道，她会受到惩罚，她也会心甘情愿地受着。

原本自己的微博转发和评论还没什么问题，但突然之间，就暴增了起来，奚恋吓了一大跳，也知道不正常，再一看……

果然，竟然是不遇转发了她刚刚发的这条信息，还顺带发了一句：“比心，拿下第一。”

虽然只有一句话，一共也就六个字两个标点，但信息量实在是太大了。

路遇生给她“比心”，实在是怪里怪气的东西，一众不遇粉都忍不住惊叹，我们家的“高冷大大”难道以前都是装出来的？他还会“比心”了？

有人觉得，一定是不服这个小可爱教坏了他们高冷大大！有人则觉得其中必定有奸情！

奚恋看着大家开玩笑的话语，忍不住笑出声来。不得不说，这位说他们有奸情的人，直击真相了。

虽然有些人关注的是不遇说话的语气和前面那个怪里怪气的“比心”，但技术党和普通玩家关注的更多的是不遇后面的那句话。

大多数人都觉得不遇简直是在说天方夜谭，不服虽然有天资，但心态一直很不稳定，夏季的终极杯连小组赛都没进，冬天的全冠杯也只拿到了第八名的好成绩。要说这种人能突然拿个冠军，就算说这句话的人是不遇大神，他们也表示怀疑。

但也有一部分人，真的是无脑信任不遇，开始高呼着，拥护不遇的小徒弟了。

奚恋觉得自己要不是他们讨论的其中一个主角，一定也会和大多数人一样，觉得不遇这个人，简直是在乱说！开玩笑，这种事情，怎么可能！

这次 The King 的比赛，甚至比每年都举行的两次较大的比赛更引人关注，参赛者也更加多，甚至还有不少已退役选手，都重新复出。

当然其中一部分是他们自愿参加，另一部分则是主办方再三邀请，甚至可能是花费了额外邀请费的，因为路遇生也接到过几次这种邀请他的信息。不过他不缺钱也不缺名，更不是会听别人话的人，所以压根就没理会，说自己退役了就是退役了，一言九鼎，不会再有复出这茬。

总而言之，“The King”这场比赛，可以说得上是《荣耀拳王》这部游戏的年度盛事了。

很快到了比赛日，这次对每支俱乐部的参赛人数不设限制，只要是记录在案的职业选手，均可参加比赛。有比赛能打，自然是所有人都会参加，因此这次比赛参与的人很多，前期预选赛的时间，也格外长。

“这其实对你来说是好事。”路遇生望着奚恋，手里拿着笔记本，一边写着什么，一边说，“你已经有一阵子没打过比赛了，现在刚好恢复一下手感，前几轮对你来说，应该不是问题。”

路遇生的分析向来很到位，既然他都这么说了，奚恋其实也放心了不少，总有一种路遇生说自己能过，自己就一定能过的错觉。

也不知道是因为路遇生的话让她找到了信心，还是路遇生对她的分析向来都很客观，奚恋一路过关斩将，一点也不辛苦地就直接冲到了前八名，拥有了进入淘汰赛的资格。

“干得漂亮！”谢丹丹在一旁看着奚恋给了对方最后一记重击，比赛场地巨大的荧幕上“KO”两个大字出现，忍不住欢呼着跳了起来。

谢丹丹转过脸激动地望向路遇生：“大神！大神！小奚一定能拿到冠军的！对吗！我希望小奚拿一个冠军。今年一年，小奚太不容易了。那么多波折……我希望小奚能拿下一届有质量的比赛，证明自己！”

“谢谢你。”路遇生望着谢丹丹微笑了一下，“谢谢在我偶尔不在的时候，你还能陪着她，也谢谢你能这么理解她。”

突然被夸，谢丹丹还有些没弄清楚什么状况，但应该没人会不高兴。

谢丹丹用力地摇了摇头：“不，我很笨，一开始……没什么人喜欢我的，小奚很好，从来不嫌弃我笨手笨脚。”

“我我我！我……”林晓展凑过来，红着脸磕磕巴巴地说，“我……我也挺喜欢你的。”

林晓展这么一说，谢丹丹的小脸就更红了。

“难怪啊。”路遇生抱着胳膊，忍不住揶揄，“小林你每次这么积极地来看小奚的比赛，原来不是因为小奚，而是因为……”

“没、没有的事儿！我和小奚是铁哥们儿！第一天见面就帮了小奚呢！”林晓展赶忙为自己解释，“那时候小奚连操纵摇杆都没有，还是我把游戏手柄借给小奚的。”

路遇生一句玩笑，成功缓和了现场气氛，奚恋这个时候也收拾完硬件，从赛场上走了下来。

奚恋走过去，直接就被路遇生抱了一下：“很棒。”

“还是师父你教得好。”奚恋也挺开心的，最近的比赛她打得都挺顺利的，对手虽然不弱，但都有明显的缺点，一旦被她抓住，就很难再翻身。

“回后台吧，待会儿还有其他选手的比赛，我们是该关注一下了。”路遇生表情认真。

“嗯，之前的比赛我有看过，不过很多人明显是藏招了，也看不出什么来，今天的十六进八应该会有所改变。”奚恋虽然现在依旧将路遇生当作自己的依靠，但也并不再是一年前的那个什么都不懂的她。

奚恋开始懂得自己分析形势，在场上随机应变就能够找到对手的弱点，并且迅速做出应对。这是一直以来，路遇生想要奚恋做出的改变，而她也做到了。

四个人一起去了休息室，叫了四份晚餐一边吃一边看其他人的比赛。

“欸？这不是……何星云？”林晓展看到新上场的比赛选手，忍不住大叫了一声。

也难怪晓展会这么吃惊，毕竟何星云是当时春训时，DM 高管一致认为能够得到春训第一名的优质选手，只是被奚恋这个半路杀出来的给截和了。原本奚恋也以为他们会在 DM 争斗，不想何星云却离开了。

四人仔细一看何星云的队服，竟然是 QRhero 的人。奚恋有点无语，想到自己第一次去 QRhero 报名受到的歧视，她就对这支队伍并不能喜欢得起来，不过只凭喜好这绝对是错误的认知。

何星云之前和她比赛的时候，就展现出了自己一流的技术，只可惜 DM 的春训是夏令营性质的，因此也没签合同什么的，被人挖走倒是也算正常。只是没想到 QRhero 竟然会直接对春训生下手，毕竟现在《荣耀拳王》也算不上太火热的游戏。

何星云干净利落地结束了对手，对面一点反抗能力都没有，以至于奚恋他们什么都没看出来，这场比赛就这样结束了。

“何星云这么厉害的吗，还是对手太弱了？”奚恋也很好奇，这个何星云其实在结束了 DM 春训之后，存在感就一直很低，甚至不如她拿了好几个小赛事的冠军，但按照他现在表现出的实力来说，应该是不止如此的。

“不是对手弱，是何星云太强了。”顾泽不知道什么时候过来了。

“唔，怎么说？”奚恋看到顾泽，这才想到，他这次也得到了正选的资格，不过好像没有看到他的比赛。以顾泽的实力来说，是不可能会这么早就被淘汰的，除非是运气不好，遇到了什么顶级大神？

顾泽来到奚恋的身后：“我和他打了一场，感觉他现在的实力，比之前进步了太多。具体和他打的时候，要注意哪些部分，我自己总结了一下，给你。”

顾泽递了一个小本子给奚恋，奚恋有几分奇怪：“什么？打何星云的资料？”

林晓展用手背挡住自己的唇，低声说道：“顾泽初赛的时候，就被何星云淘汰了。”

奚恋一惊，抬起眸子："不会吧？"

何星云的实力在增长，顾泽这么久以来的努力，奚恋也是看在眼里的，顾泽竟然会被何星云打败。

"不要等到碰头的时候再开始慌吧。"路遇生摸了摸下巴，现在开始就要好好研究，看一下何星云下场要碰到谁。

"臭小子！"顾泽用力地拍了一下奚恋的后背，"帮队友把这口气给争回来啊！"

奚恋顿了一下，抬起脸望向顾泽，笑了起来，她挥挥拳头："那是必须的！让他们看看，DM 最强！"

何星云下一场要对战一个实力不错的老选手，虽然并不算是最高级别的选手，但对方也曾在巅峰时期拿过全冠杯亚军，是一定要付出一些真实力，才能打得赢的。到时候他们就可以通过这场比赛，再仔细研究一下何星云的套路。

接下来的几场比赛打得都比较胶着，越是拉锯战的比赛，他们越是容易看出这些选手的弱点和破绽。

几组选手打完，当场就排好了八强的对阵形式，奚恋的对手比何星云的对手还要弱上一些，是个比奚恋还要新的新人，显然对于能进八强，他已经兴奋激动到不行了，还过来拉着奚恋的手，一个劲儿地和她这个前辈打招呼，说她是自己心中的偶像，甚至交换了微信号。

路遇生在一旁看得不耐烦："好了啊，差不多行了。"

奚恋侧过脸来，看到路遇生有些臭的脸色忍不住好笑。

一般来说，她和路遇生站在一起，大家都只会简单地和自己打个招呼，被追星一般捧着的人是路遇生；而这一次不同，这个小选手，似乎特别喜欢她。

“希望前辈这次能够拿冠军。”小选手说。

“难道不应该是希望打败你的前辈，拿到冠军？”奚恋忍不住笑了出来，反问。

“不不不，我拿八强就够。前辈才是冠军！”小选手说话的样子非常认真。

路遇生见两个人还在说话，并且越聊越欢，脑袋也有越贴越近的趋势，他眉头轻轻一挑，拉住奚恋的手，直接将她带到自己的面前:“好了，今天的比赛结束了，无关讨论就到这里吧。”

小选手被路遇生的动作吓了一跳：“呃，好，两位前辈再见。”

路遇生拉着奚恋走开，脸色臭臭的。

奚恋转过脸，看着他的表情：“哎，你怎么了？”

“没什么。”路遇生自然不会开口说看到奚恋和别人那么亲昵说话的样子让他心里着实不爽，“电竞圈子里男生多，但渣男也多，你以后和他们接触的时候，注意一点。”

“渣男多……”奚恋歪了歪脑袋，“你怎么想得这么多？渣也没渣我，除非我男朋友现在移情别恋，不然……没人能渣了我，哈哈哈！”

“我是在关心你提醒你，正经一点。”路遇生严肃地说道。

奚恋看着路遇生的样子，忍不住笑了起来，用手臂轻轻撞了撞路遇生的胳膊：“路先生您吃醋了，就直说嘛。”

“吃你的醋？我段位还没这么低。”某人别扭地扭过头去。

奚恋倒是也不生气，直接对着路遇生做了个鬼脸，眼珠子一转，将口袋里的手机掏出来看了一眼：“欸，好像是刚刚那个孩子给我发信息了，我来看看。”

“好了，别聊天了，讨论一下下一轮的对战选手。”路遇生伸出大手，挡住奚恋面前的手机，不让她继续看下去了。

奚恋见他这样也上当，哈哈大笑了起来。还敢说不是吃醋！

他们身后的谢丹丹和林晓展原本低头正聊着什么，听到前方奚恋大笑的声音，下意识地抬起头朝他们的方向望过去。

谢丹丹：“他们的关系真好啊。一开始我们去找大神的时候，他还冷冰冰、硬邦邦的，没想到一年还不到，这两个人好得就像对情侣似的……”

林晓展：“啥？”

谢丹丹也惊悚：“我我我……我说了什么吗？”

林晓展摆手：“没有没有，什么都没有发生！”

角逐出八强之后，《荣耀拳王》官方便召集了选手们，提前了两天抵达参赛点，先在八进四的城市拍宣传片。

路遇生自然陪着奚恋一起去，但拍摄的时候，他就没去了。这几天他都在抓紧时间帮奚恋整理对手的资料，并且想出对策来对付他们。

奚恋看得出来，路遇生是真的想要她拿下这次冠军，而她也会全力以赴，不让这个冠军旁落。

《荣耀拳王》官方是期望这次的比赛能带动更多的玩家来玩这款游戏，来关注职业赛场的比赛，因此除了宣传片之外，各种场外互动也是非常非常多。

而原本就颜值在线且性格也好的奚恋，自然也是被官方邀请来做各种活动，以至于到后面路遇生都快发脾气了。

"太影响状态了，从现在开始，不准再去参加那些乱七八糟的活动了。"路遇生不悦地道。

"其实也还好啦。"奚恋意外地觉得，路遇生比她还要紧张比赛，伸手轻轻拉了拉他的衣角，"能和粉丝们见面，我也挺开心的，还能受到激励呢。看到他们，我就会想到，自己要加油，包括之前遇到的小选手，我也没想到，竟然除了你，还有人支持我、觉得我可以拿冠军。"

"当然，你可是夺冠大热门。"路遇生抬起手轻轻捧起奚恋的面庞，低下头吻在她的唇上。

"如果太累了，一定要及时说出来，不能硬撑着，更不能顾着面子。"路遇生表情严肃地望着奚恋。

“是是是，知道啦。”奚恋踮起脚尖也碰了一下路遇生的唇。

刚巧就在这个时候，外面风风火火闯进一个人来，是谢丹丹：“小奚！小奚！教练，不好了！有大事……”

谢丹丹愣在原地，也不知道自己那一瞥，看到的是不是真的：“我我我……我刚刚……是不是……”

奚恋：你反应这么迟钝，还好是我们，要不然……可能早就被踢飞了。

其实自己是女生的事情，奚恋也考虑过可以和谢丹丹说。不过这丫头，平时实在是莽莽撞撞，奚恋着实怕她一个不小心将这件事泄露出去。

“你别紧张，其实我们……”

“小奚，你真的是女生？”谢丹丹却在奚恋解释之前，先惊讶地说道。

“你怎么知道？”既然说破了，奚恋也就不再藏着掖着了。

“不对不对，大神，小奚，你们先看这个！”谢丹丹急急忙忙地从口袋里掏出手机，翻出微博来，“今天早上，突然火起来一个爆料的帖子，里面全都是小奚穿女装的照片。爆料者一开始什么都没说，大家就瞎猜小奚是异装癖什么的……然后过了一段时间，热度起来了，他又继续爆料，说小奚其实是女生，一直在欺骗大家。”

奚恋听到谢丹丹这么说，脸色一下子变得惨白。她想过有一天自己的身份会被曝光，但她从来没有想过，会在这种情况下曝光，她甚至还没来得及比完比赛。

路遇生上前一步，搂住奚恋的肩膀说道：“没关系，事情会处理好的。”

“比赛我还是要继续比下去的。”奚恋说道。

谢丹丹在一旁看着，稍微平复了一下自己的心情，也就马上接受了这个事实。

奚恋看上去，倒也确实很有女孩子的样子，只是他们先入为主，几乎没人猜到一个女生竟然会打比赛打得这么好。

路遇生望向谢丹丹，继续道：“小奚之前参加了其他战队的训练，因为是女生的关系，被拒了，所以她就用了自己哥哥的身份来参加比赛。”

“这……没关系！小奚，我站在你这边。”谢丹丹朝他们微笑了一下。

“嗯。而且……我和小奚是恋人关系，以后你们也不必太惊讶。”谢丹丹是奚恋在 DM 关系最亲密的人了，路遇生干脆和盘托出所有，让谢丹丹知道也好，拉拢为统一战线的人。

“好好好。我一定会保护好小奚的！”谢丹丹连连点头，握紧了拳头，心中默默流下了祝福的泪水，“双不组”（不遇 × 不服的 CP）is rio（is really。粉丝圈内术语，意思是“是真的”）！

“我看看那条微博。”奚恋伸出手来，将谢丹丹的手机接了过来。

“小奚，小奚……这里面有些不好的评论，那个……你别太在意。”奚恋要看这条微博，肯定是没人能够阻拦得住的。

奚恋摇摇头：“没事，之前我还不是什么都见识了。”

奚恋先将帖子看了一遍，那里面有很多她穿女装的照片，很多都是她在路遇生家附近的时候被偷拍的。这么看来，很可能爆料的人也知道她和路遇生的关系。

【桥豆麻袋带：我宁愿相信小奚是异装癖，那只是个人喜好，但如果她真的女扮男装，呵呵。】

【嘻嘻爱奚奚：骗子！大骗子！粉转黑。】

【我只是个路人：呃……有没有人和我一样，关注点在一个女生打游戏也这么强的吗？】

【烤猪皮真好吃鸭：大家还是先冷静一下，看官方怎么说吧。】

【“双不组”小迷妹：什么鬼！女的？】

【我的狗子叫火火：我感觉是炒作吧？最近《荣耀拳王》事不要出得太多哦，感觉是故意这么弄的，造势吧？】

【陶月月月月：我感觉楼上说的有可能，反正将男选手瞎吹成女人，过一段时间再辟谣，问题也不大，是别人造谣，也不算是黑点，还占了这么多的免费热度，劝退王官方厉害哟。】

【喻文的 BLZ：我喜欢的是不服的游戏技术，是男是女差别不大吧？有被伤害了感觉的人，应该就是“颜粉”或者“CP 粉”什么的。】

奚恋第一次翻这些评论翻得这么仔细，看到最后，自己都有几分看笑了的感觉。

她心里其实明白，这些言辞都算是柔和的了，等到她曝光了自己身份，可能才是真正腥风血雨的时候。

那边，路遇生的手机也响了起来，他垂眸看了一眼，竟然是王灿烈，估计是他也看到了微博。也不得不说，这位大老板，还真是闲得慌，永远冲锋在吃瓜第一线。

王灿烈：“不遇大神啊，你那儿怎么回事儿？”

路遇生：“没什么问题，就是性别被曝光了而已。”

路遇生很简单的一句话，说得毫无波澜。

王灿烈在电话那头抓狂：“什么鬼啊，我宁愿她是性向被曝光，至少不是欺骗啊！现在用假身份参赛……”

“帮帮忙。”路遇生突然放低了姿态，继续说，“就这两天，拜托官方不要管舆论，让奚恋继续参赛。比完了，她拿到了名次，要罚还是要怎样……我都帮她担着。”

王灿烈听到路遇生这么说，不由得愣了一下，倒不是路遇生的话有什么问题，是他从来没有听过路遇生用这样的语气说话。

“行吧，这件事其实不成问题。官方现在捡了这么大一个炒作的料，高兴还来不及。你看这两天，热搜噌噌增长，就是奚……嗯？你家那个小朋友可能要承受一些压力哦。”

“这倒没关系，她只要能比赛就行了。”路遇生回答。

这边和王灿烈搞定了，路遇生就知道，这件事可以暂时先缓缓。他蹲下身子，从奚恋的手里拿开手机，还给谢丹丹。

“他们很失望吧。”奚恋的脸色依旧不太好。

路遇生抬起手，将奚恋搂进自己的怀里，摸了摸她的脑袋：“没关系，你拿到好成绩，问心无愧就好了。”

“我还能参加比赛吗？”奚恋有些无力。她以为这事情曝光后，官方就会来查一查关于她的事情。

“可以，”路遇生握住奚恋的手掌，“我们还要拿冠军。”

“嗯。”奚恋望向路遇生，终于露出了笑颜，至少，有人是她的坚强后盾。

Chapter 16

新王诞生，
八卦不断！

这一次，奚恋觉得自己是真的做到了——任狂风骤雨来袭，我自岿然不动。虽然外面乱七八糟的事情一大堆，对她的攻击也很多，但她依旧保持初心，心平气和地继续参加接下来的比赛。

官方也一直憋着话，什么都不说，外面流言蜚语四起，他们也权当没看到。

一群吃瓜群众能怎么样？要是说奚恋这是什么黑点，他们还能一直强迫着要求官方给答案。偏偏这不过是几张奚恋穿了女装的照片，要说有什么黑点，也只能说她欺骗了主办方和各位粉丝，但她的比赛是自己比的，也没有作弊之类的事情发生，所以，要真去索要一个答案，也不太好。

奚恋平心静气，虽然一开始被人曝光了身份，奚恋是有些不知所措的，但是她第一次感受到，不知所措之后的她，并不是害怕与惶恐的，她知道她的身后还有同伴，还有恋人，他们都在支持着自己。

奚宇也打电话问过她的状况，她也说自己没什么问题，就是希望奚宇不要责怪自己将他拖下了水。

四分之一决赛，奚恋成功打败了眼前的这位小迷弟，虽然是赢了，但是对方也给了她不小的压力，感觉得出他是在用全力和自己比赛，而且……他年纪比自己还小了几岁，刚起步就得到这样的成绩，可以说，很棒了。

“未来可期。”结束比赛，奚恋起身，走到小选手的面前，对他伸出手，“加油！”

“‘奚宇大大’，我们以后可以经常打训练赛的！”小选手大概是唯一一个能够无视奚恋身上那些乱七八糟的新闻的人。

这段时间的奚恋虽然无视了那些有影子的没影子的谣传，但不代表每个人都能无视这些。

虽然大多数比赛选手并不可能将这件事拿出来说，但在奚恋和他们遇到的时候，他们还是会多看几眼，也不知道是不是想看穿她到底是男生还是女生。

半决赛奚恋的对手“风雨流光”，曾经连续两届都是夏季终极杯亚军，一次全冠杯第三名，一次全冠杯第四名。这样优秀的人却没有获得一个冠军是因为……这些比赛里的冠军，曾经都是路遇生。

“我还没有打败不遇，他就退役了。那么现在，勉为其难地打败他的徒弟，也算是从另一种角度打败了他吧。”风雨流光哼了一声。

“前辈说笑，我们每个人都是独立的个体，如果抱着打败我等于打败师父的心思，那你一定会输。”奚恋没什么大的感觉，其实现在很多人都是如此对付她，以为研究出打败路遇生的阵容，就是打败了她奚恋。

进入比赛画面，奚恋一看对方的选角，就知道他显然是有着非常缜密的准备，但和赛前两个人的对话一样，他准备的全都是和路遇生相关的东西。

第一局，奚恋拿出和路遇生一样惯用的套路，先试探一下对方。可能因为知道奚恋的教练是路遇生，所以风雨流光完全不会掉以轻心，稳扎稳打，直接拿下了第一局。

果然不错，到了第二局的时候，风雨流光便放松了警惕，直觉自己找到了封锁路遇生的方法，就能打赢奚恋，结果被奚恋反将一军，比上一局的风雨流光还要更轻松地拿下了比赛。

第三局，风雨流光还没有从之前的失利中反省过来，立刻又丢了一局。他这个时候才察觉到，不服不等于不遇，但也为时已晚。

虽然风雨流光在第四局的时候有所反省，但奚恋用的都是自己平时发挥出来的真本领，而不是一味学习路遇生的那些，因此虽然费了点劲，但最终还是将风雨流光成功地按在了四强。

“赢了！”奚恋屏息凝神，终于在最后一记重拳将风雨流光的人物击倒在地之后，从椅子上蹦了起来。

她兴奋得手指都在颤抖，她进决赛了！她终于打到了决赛，虽然路遇生整天都在哄她，说她是冠军的有力争夺者，但她从来不认为自己真的就可以赢。

然而，此时此刻，她离冠军这座奖杯，是那么接近！

奚恋走过去握手，风雨流光无奈地笑着摇摇头：“是我想岔了，既然是不遇心甘情愿培养的学生，怎么可能弱呢？你很强！不过，来年我会变得更强，期待下一次见面。”

“下一次，我也依旧会击败你。”奚恋信心满满。

奚恋比完这一场，转身，只想快一点，再快一点见到路遇生。一路上，她小跑着来到后台休息室，路遇生什么也没做，只是站在那里，对她张开双臂。

奚恋一下子就跑过去，冲到他的怀里，紧紧抱住了他。

“宝贝，你很棒。”路遇生低头，贴在奚恋的耳畔说了这么一句，惹得奚恋的耳朵根一下子就红了。

“说什么呢！”奚恋小心地从路遇生的怀里往后退了一步，小心翼翼地朝外面看，没看到什么人，才终于放心下来一些。

“有人看到也不怕，反正快要决赛了。”路遇生捏住奚恋的下巴，让她转过来看自己，“等你赢了决赛，我们就能公开身份了，不是吗？”

“你就这么确定，我能赢比赛啊？”奚恋被路遇生逗得忍不住笑了起来，轻哼了一声。

“我说你能，你就能。”路遇生拉着她坐下来，“不过我们先把下一场半决赛看了。”

接下来的一场半决赛是紧跟着奚恋那场之后的，两个人坐了下来，打开液晶屏，刚好对战双方已经调试完毕设备。

这场比赛，是何星云与另外一位新人选手之间的较量，可以说是新生代选手之间的比拼了。

在奚恋将那位老将淘汰之后，至此，比赛里只剩下了新人选手。解说也在激情解说着比赛，表示为现在的《荣耀拳王》依旧有层出不穷的新人而开心。

第一盘比赛非常胶着，何星云险胜，就在所有人以为比赛会发展得很胶着的时候，何星云突然连下两城，很快便结束了比赛。除了第一局，这几乎可以说是一边倒的局面。

奚恋下意识地望向路遇生："这人这么强的吗？"

"也很正常，这一年的时间，你在成长，别人也同样在成长。"路遇生抬起手轻轻揉了揉奚恋的发顶，"何星云的资料我已经都收集得差不多了，但是……总隐约觉得差了点什么。"

"你也会有觉得差了点什么的时候？"奚恋听路遇生这么说，不由得奇怪，"你的意思是说，他的上限还不止这么高？"

路遇生点点头："应该是的，但是至于他到底有多厉害，明天就要靠你临场的随机应变了，不过我相信你可以。"

"这么说，我倒是真有了一点点的压力了。"奚恋耸耸肩笑了笑，但还是用力攥了攥拳头，"我会赢下来的，而且是一定会赢下来的。"

为了自己，也为了路遇生，路遇生对自己这么大的期盼。

因为每一位获胜选手都参与之后的返场采访的环节，奚恋握住路遇生的手，在手里来回把玩着。不得不说，职业选手的手指就是漂亮，她之前就一直想要摸摸这双手，不过没那个立场，现在，倒是可以肆意妄为了。

“如果我明天能赢，我应该会在采访里直接公开身份；如果不能赢，我就在微博里发表声明，你觉得可以吗？”

“不要说不能的话，我觉得你一定能拿到冠军，直觉何星云不会这么厉害。”路遇生嘴角轻轻勾起，脑袋稍稍一偏，有几缕碎发从他的额角滑落了下来。

“不遇大神竟然也会靠直觉说话？”奚恋忍不住笑了。

“其实我一直靠直觉，而且很灵。我的直觉告诉我，你打得过每一位选手。”路遇生说道。

为了让半决赛的比赛热度再持续一段时间，所以决赛并不是当场举行，而是隔了两天之后，在同一场馆继续进行。

路遇生和奚恋一起进了场地，大家先在后台做准备工作，现场的导播和解说首先调试场内的器材。

“别紧张，不遇大神金口玉言，说你会赢，你一定会赢的。”路遇生摸了摸奚恋的脸，趁着旁边没人时候的，贴过去飞快地在她的脸颊上亲了一口。

“不遇大神越来越不要脸了，各个方面的。”奚恋深对路遇生做了个鬼脸，接着安静下来，深吸一口气，动了动自己的胳膊。

“是时候拿出你真正的本事了。”路遇生双手放在奚恋的肩上，压低了上半身，与她平视，“决赛是七局四胜的制度，对你的手伤很不友好，但你要抓住机会。还记得我的要求吗？至多一局，就要看出敌人的破绽，将比赛尽量控制在五局之内，你就当作一场 BO5 来打，也不用着急。”

“就算是手断了，我也会坚持下来的。”奚恋认真说道。

“保护好自己。”路遇生看着奚恋脸上露出执拗的表情，也知道现在是说什么都不可能让她放弃的，万一打满七局，她的手伤肯定还会复发。

“我会保护好自己的，但我不怕。”奚恋继续道，“如果我怕受伤的话，之前就不会选择拳击这项运动了，但即便是拳击运动员，也要学会保护好自己，我明白。”

奚恋准备上场，一旁的路遇生的手机突然响了起来，路遇生没有理会，奚恋却催促他：“你快接吧，看看是谁，不然我铁定不会安心比赛。”

路遇生忍不住皱眉，早知道把手机关机了。没想那么多，他拿出手机一看，是一个陌生号码，他忍不住好笑地对奚恋挑挑眉：“可能又是诈骗电话什么的吧，说绑架了我老婆之类的……”

说着路遇生接起电话，手机那端沉默了半晌，就在路遇生准备挂断电话的时候，里面终于传来了声音。

“路遇生，别挂电话，是我，楚芊芊。”楚芊芊的声音显得她很虚弱一般。

奚恋贴在路遇生身旁很近，听到了楚芊芊的声音，先是微微有几分惊讶，接着朝路遇生的脸上望过去，总觉得有什么事情会发生。

“路遇生我快死了。”楚芊芊说，“你如果现在来，还能来得及救我，我也不想死的，可是……可是……我活不下去了，路遇生你来好不好？你来救救我，来我的身边陪着我。”

“你在哪里？地址给我。”路遇生说道。

“你以为我不知道，我只要把地址给你了，你就会立马报警，让警察来处理我的事情。”楚芊芊倒也算是精明的，“你先回 N 市。到了之后，我再给你地址，你必须给我发定位，证明是你亲自来的，如果我看不到你，结果还是你明白的那样。”

“怎么了？”奚恋虽然听到电话那头有楚芊芊说话的声音，却听不太清楚他们在说些什么。

“离开她的身边！路遇生，你今天不来找我，我就死给你看！”楚芊芊似乎也听到了奚恋的声音，突然高声吼道。

楚芊芊这次加大了音量，奚恋听得不由得愣了一下，她看了看时间点，虽然楚芊芊说死给路遇生看，但很显然，就是故意卡在她快上场比赛的情况下才打电话来的。

“我不会离开她，我会一直陪着她，直到她拿到冠军。”路遇生的神情没有任何波动。

“路遇生，你要看看微信吗？每隔十五分钟，我会给你发一条视频，内容……你应该能猜到，现在去机场，坐飞机回 N 市。”说完，楚芊芊便挂断了电话。

“你还是去吧。”奚恋突然开口。

路遇生手里握着手机，皱眉对她摇头：“楚芊芊不是这样的人，她不是这种纠缠不休，还会拿自己生命来威胁别人的人。她这辈子，最看重的两件事，就是自己的命和自己的职业生涯，拿自杀威胁我，太奇怪了。”

“就是因为很不对劲，你才更应该去看看。万一她不是自杀，是被人要挟这么做的呢？”奚恋轻轻蹙眉，忍不住说道。

“真不想让你这么善良。”路遇生无奈地说，“这是你最重要的一场比赛……”

“我也想断奶了好吗？你没看到网友们都在叫嚣着，要不服断奶，不要总听不遇的！好吧，这次就让我自己一个人打！等我拿个冠军给你看看！还有，什么是我最重要的一场比赛？今天，才是我奚恋真正的开始！路遇生，你明白我的意思吗？”

路遇生无奈地叹息一声，手机微信已经跳出了一条视频，是楚芊芊掐时间掐得恰好，并且说等着他过去。

楚芊芊已经做到了这个地步，路遇生不可能再不去管，万一她真的有个三长两短，奚恋也不会好受。

路遇生无奈离开，奚恋心中说不遗憾是假的，但她隐约觉得楚芊芊离开的时间这么刚好，其中或许有猫腻，是想要她因为路遇生的离开，而影响比赛状态吗？如果他们是这么想的，那就错得彻底了！

奚恋捏了捏拳头，她会让所有人都看好，谁才是今天的冠军！

奚恋从休息室出来，刚好看到有人与何星云说话，再一仔细看，那个人竟然是周森。如果不是今天看到，她或许早就忘了这个人，当初那个拒绝了她的 QRhero 的领队！

周森经过奚恋的身旁，脸上带着诡异的笑容。那一瞬间，奚恋突然明白过来，到底是谁突然放出那些照片，试图用女装事件影响她。是周森，她当初去周森那里报名过，所以他知道她是女孩子。

奚恋走向舞台的方向，感觉到追光灯打在自己的身上，一瞬有些间恍惚，有一种自己穿上战袍，从后台出现准备上擂台打比赛的错觉。

不，这不是错觉！这里，早已经成了她的战场，成了她唯一的擂台。在这里，她会打败所有人，站在和不遇一样最高的巅峰。

今天很多人都到场观赛，王灿烈、倪凰……今天，是新神上位的日子，能够在现场，亲眼看见 The King 首届冠军的诞生，是所有《荣耀拳王》忠实游戏迷的荣幸。

台上主持人报出奚恋名字的时候，她从后台走出去。那一瞬间，场馆爆发出剧烈的欢呼声，奚恋这段时间的高曝光度，加上她有颜有技术，粉丝越来越多。而 DM 战队原本就自带人气加成，因此在支持率上，奚恋对何星云，是有着压倒性胜利的。

不过粉丝多、支持的人多，不代表她就能赢。奚恋虽然曾经因此有过一段时间的迷惘和膨胀，但终于还是战胜了虚荣心，没有被虚名冲昏了头脑。

不管是电竞职业选手，还是拳击选手，对于一个运动员来说，最重要的只有拿到冠军，赢下比赛证明自己！

奚恋伸出手对周围的人挥舞了一下，她侧脸看到看台上花样百出的应援方式。

什么，“‘遇’见你，不‘服’命”之类的标语，很明显的，就是她和路遇生 CP 的手幅。虽然不应该，但她还是忍不住抬起手来，朝着那个方向挥了挥手。

不知道是不是察觉到了奚恋的回应，那几个女孩子更加兴奋了，在原地不停地蹦蹦跳跳，样子更是可爱，还不停转头对身旁的人叽叽喳喳说什么。

奚恋与何星云分别面对两个不同的液晶显示屏坐好，开始调试机器。何星云嘴角轻轻扬起，脸上多了几分诡异的笑容，奚恋看着现在的他，不由自主地皱起眉头来，这个人……和过去有哪里不一样了。

也对，和周森那样的人搅和在一起，怎么样也不会好起来吧？倒是现在，奚恋越发庆幸自己当初没有去 QRhero 了。

比赛开始。

何星云的打法非常凶猛，奚恋也是以“莽”著称，所以这两个人打起格斗游戏来，就真的是格斗，一点心机也不玩，直接冲上前去就是打，观众们也都看得非常过瘾刺激。

只是观众可能看不出来，奚恋明显感觉到何星云虽然一直在进攻，但是都在给她时间，强迫她防守。而她一旦防守成功，血条的减少便会控制住。

何星云这样的打法，不仅会将比赛时间拖延，还会带着奚恋的步调走，让她没有适当的空隙用来反击，大部分的时间都用在了防守上。

虽然一开始的比赛是奚恋占据了优势，但只有她自己知道，她有点被何星云带着节奏走了。打着打着，到了最后奚恋从一开始的优势被何星云压成了劣势，她意外地输掉了第一局。

必须做出改变。休息片刻，奚恋也只喝了一口矿泉水，现场直播的导播，插入了一段广告，很快便来到了第二局。

第二局奚恋在选人上做出了调整，何星云也做出了调整，但并不是根据奚恋做出的调整而调整选人，而是选择了几个以防守为主，防御力高的角色。

这是……

奚恋不由得皱眉，故意在拖时间？可是现在有什么好拖时间的？难道是周森特意去查了她的资料，知道她有手伤，所以才故意让何星云这么拖延时间，知道她必定是比赛越久，操作会变形得更快。

第二局因为何星云选的游戏角色并不好，所以奚恋虽然费了一番时间，但还是拿下了比赛，只是何星云对此似乎并不着急。

第三局，何星云又开始玩起了第一局的套路，但这一次他的套路被奚恋顺利破解，并没有给他太多的机会。

比赛打到了二比一，可是这三局对奚恋来说，比过去打五局都要累得多，她感觉到自己的手已经有几分微微颤抖了。

真是卑鄙！不敢用堂堂正正的方法来比，竟然用这样的办法来恶心她！好啊，那就让她来证明一下，自己就算是有手伤，也能打得过他这样从来不会将心思放在正道上的人。

第四局奚恋输了，何星云得意地笑了笑，看着奚恋的手，知道自己的机会来了！

从观众的角度来看，比赛那是非常精彩的，打到了二比二的程度，也说明两位选手的水平之高。

中场休息十分钟，奚恋一下场，谢丹丹就立刻握住她的手，轻轻地帮她按摩。

“小奚，你还好吧？”谢丹丹心情复杂，她虽然看不太懂深层次的技术，但听到林晓展对她的解释，知道那个何星云在故意和奚恋打拉锯战。她后来和奚恋聊过，知道奚恋是有手伤的，这样的拉锯战，并不利于奚恋，越到后面奚恋会越疲于应付。

奚恋转过脸，对谢丹丹微笑了一下："稍微休息一下就够了，还有两局，我会连续赢他，然后就结束。”

“嗯！小奚你一定可以的！”谢丹丹的眼里有一层水雾在波动，却很快就掩饰了过去，“那个何星云这么卑鄙！一定要打爆他！加油！”

奚恋再次上场，拿出了一个角色——梅林，这是她的初心角色，也可以说是她的本命英雄。但她至今，从未在赛场上拿出过这个英雄。

这是她第一次看路遇生比赛的时候，路遇生用来 KO 对方的角色，所以也一直被她藏在心中。只有在和路遇生练习的时候，才会拿出来用用，要不然就是平时用小号，打路人局的时候，练习练习。

而她今天会拿出来，也是相信，曾经的梅林帮助路遇生丝血翻盘，也会帮助自己拿到胜利！

解说还在向大家科普梅林并非现在这个版本的强势英雄，不知道奚恋将它拿出来，是真的是她的招牌英雄，还是虚晃一招。

而在后面的比赛中，奚恋清楚地向大家证明了，电子竞技没有什么版本最强势的英雄，只有看使用者就很厉害的英雄！梅林出手，奚恋先胜一局！拿到赛点！

奚恋的赛点局，何星云已经满头是汗，两个人几番纠缠，打到最后，梅林的身上只剩下了最后20滴残血，而何星云的人物还有一半的血量。奚恋聚精会神，一个冲拳，将何星云的角色打出了一瞬间的僵直状态。

就是现在！奚恋操纵着梅林，一串行云流水的连招combo，直接将何星云的最后一个人物带走。

"OK！"

现场爆炸出巨大的欢呼声！《荣耀拳王》的新王，终于诞生了！

"不服！不服！不服！"

现场的观众，齐齐呼喊着奚恋的名字。

太爽了！奚恋在打赢了何星云的那一瞬间，心中畅快无比，不仅仅是因为她得到了冠军，更是因为她赢了！

她的手还在微微发抖，下台之后，谢丹丹第一个跑过来和她拥抱，然后是林晓展、倪凰，还有本应该是她师父的裴子浩。每一个人都在对她微笑，都在恭喜她拿到了这么有分量的一个冠军，旁人再无法质疑她什么。

而她站在那里，心中对这件事，也没了什么真实感，因为……那个人不在自己的身边。

她拿出手机，低下头，发了一条短信给路遇生，只有两个字："冠军！"等他下了飞机，应该就能看到了吧。

她稍微休息了两分钟，后台工作人员为她送来了胜利的战袍。奚恋拿在手里，忽然想起了什么，转过脸望向谢丹丹："丹丹，把我带来的那套衣服给我吧。"

谢丹丹愣了一下，微微有几分难以置信地望着奚恋："你确定？"

"嗯。"奚恋点头。

重新返回了舞台，原本都很激动的观众在看到奚恋身上穿着的是一套女孩子的裙装的时候，都不由自主地倒抽了一口冷气。

这是怎么回事？

原本准备上前来说话的主持人经验倒是也很老到，直接来到奚恋的面前，将手里的话筒递给了她，知道她一定是有什么想要对大家说。

奚恋表示感谢，上前一步，依旧是聚光灯都落在她的身上。

奚恋先是深深地对大家鞠了一躬，很久之后才抬起头来："大家好，我叫奚恋，是个女生。首先，先和大家说一声‘对不起’，一直以来欺骗了大家。”

奚恋的开场白就足够劲爆，全场顿时一片哗然，比她出场的时候的欢呼声更大，而这一次自然不全是欢呼声，而是起哄、惊叹……

“我不说其他的理由为自己开脱，错了就是错了，但我是真心喜欢《荣耀拳王》这款游戏，是它陪着我走出了人生中的最低谷。可是，我发现这个游戏里的其他人，却不一定对我多友好。在游戏里，我暴露了自己是女生的身份，便会引来一些猜忌，觉得我是不是找人代打了？或者是男生故意装扮成女人，想要骗钱？当我得知，自己对这个游戏还算得上是有天赋的时候，我接受了某个战队的邀请，去春训报名。当领队知道我是一个女生的时候，却拒绝了我，说女孩子的发展前途太小了，可以安排我去当助理。可当时发出邀请的人，是他们，不是吗？然后我挺生气的，就拿了自家堂哥的身份证，去报名了最好的战队，之后的事情……大家应该都知道了。可是现在，我知道不应该这样的。我既然要为女孩子们争口气，就更应该用女生的身份，光明正大地站在这个赛场上！这次是我做错了，也接受大家对我的批评，接受官方对我的惩罚，但……拜托，请继续让我在赛场上努力吧！”

她转身离开，没有拿奖杯。

她知道欺骗了大家的自己没有这个资格拿奖杯，但下一次比赛，她一定会用奚恋的身份，再一次拿到这座奖杯！

尾 声

我好喜欢你呀!

“奚恋，托你的福，我现在是我们学校的名人了……”奚宇在电话那头吼，“我现在整天被一帮臭小子追着要你的签名，要不遇的签名。这就算了，最可悲的是，我跟他们打游戏太菜了还要被嘲讽，说我不配用‘奚宇’这个名字，呜呜呜……”

自从奚恋的身份曝光，也不知道那些无良记者从哪儿找来的身份证对比图什么的，奚宇也算是跟着“火”了一把。大学里可到处都是游戏迷、电竞粉，他时常处于被众人围观的状态。

“这么惨吗？要不要我帮你解解气？”奚恋忍不住大笑出声。

“快点，来来来，不管是真人 PK 还是游戏里，快来帮哥把他们狠揍一顿！”奚宇撒娇。

奚恋手里紧紧握着电话，深吸一口气，说出了一直放在心里的那句话：“哥，谢谢你。”

如果当初不是奚宇让她接触到《荣耀拳王》，如果不是奚宇帮助她、鼓励她，就没有自己现在的生活。也许她还是那个浑浑噩噩、沉浸在悲伤里的女孩子，更不会碰到路遇生。

奚恋虽然获得了胜利，拿到了冠军，但因为用了奚宇的身份证报名成了职业选手，算是破坏了《荣耀拳王》一向公平公正的竞赛规则，因此对于奚恋选手做出收回 The King 冠军奖杯和奖金的决定，奖金滚动至下一次的，并且对奚恋处以禁赛一整个自然年的处罚。

与此同时，官方也对奚恋诚意发出邀请，请她明年用自己的名字参加比赛，也就是说，“The King”将会有第二届。《荣耀拳王》这款游戏，正迎来第二次大火热。因为奚恋的缘故，《荣耀拳王》的女性玩家数量与日俱增，各大战队也不再限于招收男生，甚至还冒出一些公司开始组建女生战队。

DM 战队也变得更好了起来，顾泽大大小小赛事的奖项也拿了不少，训练赛里也曾几次战胜过奚恋，现在正摩拳擦掌，等着和她在第二届“The King”比赛中一决高下。林晓展也在自己的努力之下，升入了 DM 正选的行列。倒是何星云与 QRhero 战队却连连爆出各种丑闻，包括当年奚恋的各种爆料与偷拍的照片，都是出自他们的手笔，甚至于买来楚芊芊的裸照，用来威胁她，企图让她将路遇生引开，从而动摇奚恋，让奚恋无心比赛。

楚芊芊确实如路遇生所说，并非是一个胡搅蛮缠，会用自杀来威胁别人的人，只是那个时候她身为一个女孩子也很害怕，害怕自己当初被人坑骗的裸照曝光，于是只能按照周森、何星云他们的要求做。之后，她也在路遇生的帮助下成功报警。

王灿烈这正义感爆棚的大老板可也不是好惹的，敢动他们 DM 的人，简直不想活了。于是各种律师函满天纷飞，各种挖出 QRhero 的黑料曝光。整个 QRhero 战队没能熬到第二年的秋天，便直接宣布解散，何星云与周森也锒铛入狱。

而禁赛一年，对于奚恋和路遇生来说……嗯……似乎不是一件坏事。

谢丹丹拿着手机，翻看着不遇大神的微博。自从公开恋爱了之后，他就彻底放飞了自我，开始每一天用秀恩爱的微博闪瞎各路人的狗眼。特别是这一年，他和奚恋两个人在世界各地旅行，那些照片也实在是养眼得不得了。

“好羡慕啊……”谢丹丹抱着手机，磕着她的“双不组”的糖，少女心爆棚了。

“那那那……”林晓展不好意思地用手指戳了戳谢丹丹的胳膊，“那个，明天，要不要一起去游乐场？”

世界某一处。

“下一站，我要去北极看极光！”奚恋欢呼一声。

路遇生伸手将奚恋捞回自己的怀里：“可是我们现在还在南极。”

“我好喜欢你呀！”奚恋一下子抱住路遇生的脖子，用自己的额头抵着他的额头。

路遇生表示有点无语：“这两句话，有什么联系吗？”

“有啊！因为我喜欢你，就像是从南极到北极的距离。”奚恋歪了歪脑袋，认真地说道。

路遇生被她逗笑了：“哪儿学的土味情话，还挺押韵的。”

“那你呢，那你呢，那你呢？”奚恋闪烁着大眼睛，充满期待地望着他。

“我更喜欢你，像是从南极到北极的距离，再加上一个北极到南极的距离。”路遇生笑着说完，揉了揉她已经长长的发丝。

“奚恋，这一次我会陪在你的身边，看你站在最高的舞台上，捧起那座奖杯。”

“不对！这次，下次，下下次，很多很多次！”奚恋深吸一口气，信心满满地说，“直到你认为我是一个合格的对手，然后复出和我堂堂正正比一场！”

我们还有很长很长的路要走，但让我最庆幸的是，这条路上，有你和我手牵手。

番外一

直播秀恩爱

DM 和奚恋继续签约，这事显而易见，但让奚恋没想到的是王灿烈竟然直接和她签了五年合同，其中包括了她被禁赛的这一年。

官方倒是从来没有明文规定过，选手禁赛期间不能和游戏战队签约，因为一般没哪个傻缺队伍会签约还在禁赛的选手。

“总觉得会有点儿什么猫腻呢。”奚恋望着路遇生。

路遇生轻笑着握了握奚恋的手：“那就去看看合同，不满意我们当场就走。”

两个人一起去的战队基地，因为奚恋在收到倪凰那边给的通知的时候，路遇生也顺带收到了正式教练的合同邀请。

倪凰已经在会议室里等着他们两个人，大家都很熟了，也没多废话，稍微聊了几句近况，就直接进入主题。

奚恋拿起合同来看，路遇生侧着头贴在她的脸颊旁，凑过来一起看，两个人并没有因为这样亲昵的举动有一点的不适应，显然奚恋已经很习惯这样的动作了。

倪凰坐在旁边轻轻挑眉，看着眼前的两个人，嘴角勾起。奚恋这段时间的经历，打下了坚实的心理基础，怕是以后不管她再遇到什么样的大风大浪，都能情绪稳定吧。

合同总体没什么问题，和之前她用奚宇名义签的那张已经作废的合同基本没什么太大的差别，不过……

“直播？”奚恋歪了歪脑袋，指出合同中最醒目且与过去不同的一条。

倪凰就等着和她说这个：“对，这一年的禁赛期，公司对你的要求是，每个月三十个小时以上的直播量，不仅限于播《荣耀拳王》，主要是维持自己的人气和DM战队的热度。”

“我就知道，没那么容易，王老板怎么可能让我吃一年白饭。”原本奚恋以为自己要当陪练什么的，现在看来，原来还有这点在等着她呢。

“答应吧，反正你不直播也是要打游戏的。”倪凰轻轻挑了挑下巴，“而且收到的礼物，除了和直播平台分，公司不参与分成，时间长了也能赚不少呢。倪姐也不会害你啊。”

奚恋听着倪凰的话，心里觉得有几分道理，但还是转过脸，黑葡萄一般的大眼睛闪烁着光芒，看着路遇生询问他的意见。

“直播从某种意义上来说，可以说是一种锻炼，但这也要分不同性格的选手，毕竟直播就意味着会遇到一大拨的‘喷子’‘黑粉’。小恋身上又有那么多事情，虽然粉丝也多，但很难不被人冷嘲热讽。我不希望她因为这些事情影响了打职业比赛的心情，那就得不偿失了。”路遇生说着，稍停顿继续道，“而且，我们不差钱。”

倪凰轻轻啧了一声，眉头一挑：“我们小奚，是嫁入豪门了啊。”

“不是，那个，我觉得没关系。”奚恋赶忙将话题转回正常的部分，“网上那些喷我的人，我又不是没见过，应该还是可以锻炼我的心理素质的。”

路遇生沉默了一会儿，奚恋继续闪烁自己的大眼睛，靠近再靠近……

“同意了。”路遇生头疼，这一招是小丫头最喜欢用的，偏生还次次都让她得逞，他真是遇到对手了。

合同签约之后的第三天，奚恋买来了直播设备。

路遇生对奚恋没什么大的要求，唯一的要求就是她以后不住基地，每周去报个到就行，搬去和他住一起，进行每天二十四小时的全方位训练。

起初奚恋那脑袋还没转过来，觉得路遇生现在，可真是当教练当上了瘾，这么负责。

渐渐地，她才察觉出不对劲，他们现在是恋爱关系啊，那住在一起……岂不是同居？奚恋虽然心里这么想着，觉得有些不好意思，但也不能直接问路遇生是不是故意这么要求的，可越想越觉得自己被套路了。

这个满肚子坏水的“心机男”！

奚恋捣鼓了半天，将外设器材给安装好，路遇生要过来看却被她推开。大抵是第一次直播，怪不好意思的，搞了半天也没能将设备连接上。奚恋按照之前倪凰教给她的方法已经进入了自己的直播间，DM 官博也已经提前发布了今天奚恋会直播的消息。因为禁赛的关系，很久没能看到奚恋的小粉丝们，都早早地等在了她的直播间。

只是大家等了好半天，都只看到黑屏的画面以及一句“主播正在准备中……”，于是公屏上各种弹幕刷得飞起。等待更吸引人的到来，这个时候不仅观众没有散场，还有越来越多的趋势。

【火火是只小比熊：我们家小福福是羞涩了吗？怎么让姐姐们看黑屏啊？】

【不服妈妈粉：嘤嘤嘤，女儿终于营业了，妈妈粉想你。】

【黑粉：奚恋小公主今天也萌萌哒，哇哦，不能打假赛，就出来直播骗钱哦。】

【onlyfor 恋恋：黑粉滚出去，房管干活！】

【不遇不服 CP 党：我现在只想看恋恋快点直播！】

【路上遇见你：礼物刷起来了，只求恋恋让我再看大神一眼。】

当然了，此刻的奚恋还在手忙脚乱地摆弄设备，根本没那个心思去管到底多少人在骂她又有多少人因为她吵架。

路遇生就这样抱着胳膊，靠站在一旁的门框上，看着她独自摆弄那些设备，调整软件，急得满头是汗还是弄不出。

路遇生挑挑眉：真可爱。

“你……你别看我，你看我紧张！”奚恋瞪了一眼在旁边看热闹不嫌事大的路遇生，连连对他摆手。

路遇生摊了摊手，转过身来，换了一边门框靠着。然后奚恋继续摆弄，脑门上的汗越流越多，直播间还是看不到画面……她屈服了。

“教练……”奚恋哭唧唧地小跑着过去扯了扯路遇生的衣角，“男朋友，帮帮我嘛。”

“不是不让我看，你紧张？”路遇生看着奚恋的小模样，满意了，转过身直接朝电脑桌前凑了过去，开始啪啪啪地在键盘上打出各种奚恋不懂的代码，打开各种程序，鼠标点击调试。

奚恋一脸小迷妹的样子看着路遇生，目光完全无法移开，瞧这侧脸，瞧这线条，真是让她百看不厌啊……就在那一瞬间，摄像头的光芒闪烁了一下，直播间终于不再是黑屏。

【Jack 我的爱：我看到了什么？】

【淡淡的疼：我确定我是在奚恋的直播间。】

路遇生摆正摄像头，摄像头刚好将奚恋与路遇生两个人都拍了进去，他嘴角带着几分玩味的笑意，望着摄像头问：“能看到了？”

弹幕彻底爆炸，大家疯狂刷屏，有回应路遇生的，还有狂刷问号的，还有惊讶得需要出去跑几圈冷静一下的。

【sdacigl：不遇？？？】

【onlyfor 恋恋：大神？】

【不遇的呆毛：呔！狗男女，竟然孤男寡女在这里直播！】

【宁没事儿吧：看到了，看到了！】

“啊，可以看到了！”奚恋这才反应过来，手忙脚乱地想要推开路遇生，却被他搂住了肩膀。

“傻瓜，看都看到了，躲什么，我看你直播间的人气涨得挺快的。”

奚恋无语凝噎，这能不快吗？都是火速赶来的，“唯粉”“CP粉”“喷子”，甚至是……各大战队，看热闹不嫌事儿大的职业选手。

路遇生完全没感觉，依旧我行我素，侧过脸，用自己的唇轻轻碰了碰奚恋的脸蛋：“他们都说看到了，可以直播了。”

奚恋迅速从无语凝噎变成了震惊，捂着自己被亲的脸蛋瞪了路遇生一眼：“干吗啊，直播呢！”

难道言下之意，也就是不直播的时候，完全OK咯？

粉丝们再一次被这颗“炸弹”炸得无法平静。

【不服妈妈粉：你在干什么！！！让不遇把他的爪子拿开。】

【DM战队白泽：秀恩爱，烧烧烧……】

【onlyfor恋恋：恋恋！你怎么能被不遇亲了？】

【XY不是真的奚宇：妹，你出息了，有空把妹夫带回来让哥长长脸。】

【黑粉：奚恋有毒吧，自己卖人设，卖CP，还把不遇大神也带上了。】

【不遇不服CP党：啊啊啊啊啊啊啊啊啊！！！CP党们，过年啦！】

【我是不遇和不服的不好：有生之年……】

【丹丹不是蛋蛋：祝小奚和大神，百年好合！】

【码字拖稿三年半：路人惊了！这是故意的，还是来真的？】

【路上遇见你：如果我看的没错，这绝对不是在训练基地。】

弹幕和各种礼物如漫天飞雨一般砸了过来，除了“唯粉”和“CP粉”的哀号与尖叫混杂，还有各种细节党分析两个人是不是在同居的言论，直接把电脑给刷爆了。

“死机了。”奚恋轻轻拧着眉头，有点郁闷，她的直播时长才消耗了十分钟都没有啊！她不甘心地滑动了几下鼠标，确定电脑是崩盘了。

路遇生嘴角微扬，掏出手机，看着已经黑了的直播间屏幕，直接刷下一个最高价的礼物，接着附加了一句整个直播平台都能看到的留言。

【DM战队不遇：路遇生X奚恋，是真的。】

奚恋在一旁，看着路遇生嘴角带着不怀好意的笑容，心里就知道肯定有什么不对劲。

“你看什么呢？”奚恋跟过去抢路遇生的手机，“脸上干吗带着这种猥琐的笑容？”

“没干什么。”路遇生转身，将手机举高，不让奚恋看到，“乱翻别人手机是很不礼貌的行为。”

“你！”奚恋哼哼一声，干脆打开自己的手机，先用手机登录了自己直播间的账号。

【DM战队不服：抱歉抱歉，对不起各位兄弟姐妹！刚刚刷得太快了，电脑炸了！】

奚恋刚发出这句话，结果被一大拨的弹幕，一下子就刷了过去，只有寥寥几个人看到了她的话，依旧有很多人在问发生了什么。她无奈，只能私戳了房管，让他们先控制一下即将失控的场面。

奚恋想了想，决定登录微博，和大家说一下。结果她刚打开微博，就看到了一大堆乱七八糟的@还有不少给自己的留言。

她点开@第一时间就看到了一张显眼的截图，时间就是刚刚她电脑黑屏之后，截图上是DM战队不遇这个账号，在直播间里给自己送的一个高价礼物，并且附加了一条“路遇生X奚恋，是真的”的留言。

“路先生！”奚恋无可奈何地转过脸，“干吗这么高调？”

看着那条截图的转发量噌噌噌地往上涨，还有评论里各种粉丝在直播间里截到的两个人的亲密图片，并且很快就有各种资讯号、营销号以及一些《荣耀拳王》相关的大V号发出了他们那一段不算太长却满满都是狗粮的视频。

一时间，与两个人相关的三个话题都被顶上了热搜前列，奚恋看着这些热搜，点进去都是些乱七八糟的内容，不少“大手”已经开始画同人图了。

“呼……”奚恋无奈地叹了口气，“咱们影响力这么大？”

“你不喜欢？”路遇生来到她的身后，用两个人都已经习惯的动作，从后方轻轻拥住她，“我们不早就是大家已经默认的一对了吗？”

“是这样没错啦，不过你看看这个。”奚恋调出一个微博号，放在路遇生的面前，那个账号的名字叫“今天不遇和不服分手了吗”，然后再往下拉，这个微博号每天都会发布一条这样的微博。

饶是路遇生看到这个微博号，也实在忍不住笑了出来：“很有才，不过咱们是一定不会让他等到那一天的，对吗？”

“这就要看你的表现了。”奚恋对着路遇生轻轻扬了扬下巴。

路遇生摸了摸下巴，做出若有所思的表情来：“怎么觉得，自从我们交往以后，你对我的态度越来越肆无忌惮了？”

“那当然，没见过哪个女孩子对男朋友还以礼相待的，难道你想我们两个人‘相敬如冰’……冰冰凉凉的冰。”奚恋古灵精怪地对路遇生做了个鬼脸，重新回到电脑前。

路遇生走过去双手揉她的头发。

奚恋表示拒绝，用力甩脑袋：“头可断，发型不可乱！不要弄乱我的造型，我要赶紧直播了。”

“你这是多少年前的网络用语？”路遇生不由得觉得好笑，他就是忍不住逗她，想看到她可爱活泼的样子。

知道他们在一起的人，都会觉得奚恋的性格和路遇生完全不搭，但对于路遇生来说，奚恋的个性于他才是刚刚好。他原本性格倨傲、为人冷清，如果再找个高冷寡淡的女生，怕是日子过不下去，当然，楚芊芊那种也不适合他。

路遇生不知道怎么的，越想越觉得，这个世界上好像再没有第二个女孩子，比起奚恋更适合他了，越想越觉得自己真是赚大了，挖到了这么个大宝贝。

“好了好了，我连接上了！”奚恋重新设置好回到了直播间，虽然比起刚刚的疯狂刷屏，人少了一些，还是有很多死忠粉丝在等待着奚恋回来。

“大家好，我是DM战队的不服。”奚恋调整了一下摄像头，看到了自己出现在画面中，还有几分不自然，脸有几分烧得慌，没察觉到路遇生不知道什么时候已经来到了她的身后。

“大家好，我是DM战队不服选手的教练兼……男朋友。”路遇生弯下腰来，贴在奚恋的脸旁，轻轻一挑眉笑着。

“哎呀！你别来捣乱了。”奚恋有些哭笑不得，伸手想要将路遇生推开。

【DM是最强的：哇，大神也太不矜持了吧？】

【onlyfor恋恋：不遇大大也太黏人了。】

【不遇的圈外男友：有种大神深深地被嫌弃的悲催感。】

【“双不”你们磕了吗：感觉不遇在不服面前完全是狼王瞬间变身哈士奇，还是躺下来露出肚皮求摸摸求抱抱的那种。】

【不遇不服CP党：QAQ满足满足，多多同框。】

【我萌到了一对真的：不遇今晚要跪键盘了，还是榴梿？】

路遇生瞥了一眼弹幕，刚好就看到了这条跪键盘的留言，一撇嘴说道：“我是会跪键盘的样子吗？”

【不服妈妈粉：是！】

【DM 是最强的：你是！】

【onlyfor 恋恋：不要挣扎了，大神你就是！】

【不遇不服 CP 党：不遇难道你舍得让恋恋跪吗？】

【我是不遇和不服的不好：我觉得福福不仅会让你跪，还会让你直播跪哦。】

【码字拖稿三年半：已入坑，萌上这对 CP，我现在就去写一万字同人文！】

路遇生看着一边倒的弹幕，不仅没生气，反而还忍不住笑了起来，让看惯了他冷冰冰面孔的观众一饱眼福。

"算了，既然他来捣乱，不如今晚就满足大家，我和他来一场 PK。"奚恋被路遇生骚扰得干脆自暴自弃，总不能一直这样插科打诨地直播自己的私生活，干脆就把路遇生也拉来一起直播游戏。

能看到路遇生和奚恋两个顶尖的《荣耀拳王》选手对战，不仅 CP 党们非常满足，技术党们也纷纷前来观战，一时间直播间的人流量又冲上了新的高峰。

两个人真真假假地打了几局，互有输赢，也教了普通观众不少实用的小技巧，最后抽了一轮 DM 战队的周边，便结束了直播。

说说笑笑之下，几个小时的直播时间很快就过去了，奚恋从一开始的不自然，到现在竟然还有几分意犹未尽。毕竟这还是比每天枯燥的训练、分析数据要有趣得多了。

“谢谢师父。”奚恋从椅子上跳起来，直接抱住了路遇生的脖子。

“谢什么？我不是给你捣乱了？”路遇生垂下眸子，望着脸贴得自己很近的小丫头。

“我现在知道了嘛，你是故意这么做，让我别紧张的，对吧？”奚恋用自己的脸蹭了蹭路遇生的下巴，讨好地说，“现在我觉得，直播还挺好玩的，弹幕的粉丝梗好多哦。看来我可以熬过接下去一年的‘主播’生涯了！”

“时间长了你也会觉得无聊的。”路遇生说道。

“嗯？”奚恋抬着脸，仔细观察路遇生的表情，“怎么了？你怎么……好像不太开心的样子？我直播顺利，还不好吗？”

路遇生脸上的笑意收敛了几分，表情变得正经了起来，他搂住奚恋的腰肢，双唇贴在她的耳畔，低声道：“我在嫉妒。”

“什么？”奚恋还有些没明白过来。

“我在嫉妒，在吃醋，我不希望那么多乱七八糟的人都看着你。”路遇生不满道。

随着奚恋性别的曝光，虽然黑她的人多了不少，但粉她的人也随之增多，包括很多《荣耀拳王》的资深玩家，甚至开始对于《荣耀拳王》这款游戏出现了一位“女神”津津乐道，因此奚恋也多了不少男性粉丝。这次直播里，路遇生可是没少看到那些对奚恋表白的家伙。虽然知道网络世界大家不过是调侃，但路遇生还是觉得很不爽！

奚恋这会儿算是听明白了，忍不住哧的一声笑了出来，然后噘了噘嘴："你居然敢跟我说嫉妒？那我岂不是每天都在醋里游泳了？"

奚恋拿出手机，随便搜了一下"不遇的女友"这几个字，第一个出现的不是她，而是一些粉丝的微博名或者是微博调侃自己是不遇女朋友的帖子。

"你说，我现在是不是应该很生气才对？"奚恋扬了扬下巴看路遇生吃瘪。

路遇生无语，他比奚恋出道早，而且女孩子更容易成为追星族，因此他的粉丝数量比她多也很正常，可是这么一对比，他好像真的就没什么立场再去计较吃醋了。

"要不然这样，"路遇生说，"你男粉多，我惩罚你亲我一下；我的女粉多，你惩罚我亲一下你，怎么样？好公平的。"

"路遇生！你还真好意思提这个惩罚，你，唔……"

番外二

电脑C盘里的
秘密

两个人交往之后的第二年，奚恋成功地以自己的名字拿下了“The King”总决赛的第一名。她也成功地进入了自己的事业巅峰。

奚恋和路遇生交往的事情也因为路遇生的高调，而成了整个电竞圈子众所周知的事情。尽管不少人认为他们秀恩爱死得快。但路遇生可一点也不在乎这些言语，反而秀得越发厉害，像是誓要气死那些黑他们两个人或者见不得他们好的人一般。

奚恋一开始对路遇生这种幼稚且完全不符合他人设的举动表示过，让他收敛一点，谁知道路遇生从那之后就一直软磨硬泡，让奚恋也没有办法。这个人为什么在恋爱之后，突然从冷漠毒舌变成了黏人的大型犬？

重新可以参加比赛之后，奚恋也没心思管这些八卦了，现在每天能想到的，只有分析最近新上来的小选手、破解老选手的招式。现在除非是有一些自己不能解决的状况，她拿到战队数据师的分析之后，已经完全可以对自己的比赛进行分析理解。

奚恋正坐在电脑前对比着数据师对上一场比赛的数据统计，看比赛的细节，手边的电话突然响了起来，她看了一眼，发现是谢丹丹。

“喂？你怎么想起来给我打电话？最近休赛期，你不是和晓展去日本旅行了吗？”奚恋有点奇怪地问。

“不是不是，小奚，我想问你看没看到？那个微博上的最佳CP的票选？如果获得前三名是能去参加微博之夜活动的，你现在和大神的排名是第二哦！比第三名也高出一些，感觉很有可能会进入前三呢。”

“什么CP票选？”奚恋有些头大，之前如果说她和路遇生还没正式公开关系，小粉丝们喜欢臆想那也没什么好说的，现在他们两个都公开关系了，他们这一拨“CP粉”的兴趣竟然还没有减少，反而愈演愈烈。

“哎呀，你快看看吧，反正你们如果赢了，肯定是要代表DM去的。”

在谢丹丹的催促之下，奚恋还是点开了微博。打开微博的时候，电脑就有点卡了，但是她没在意，继续点进去搜索相关内容。果然看到了一个官方发布的投票，仔细一看，她和路遇生竟然都有一万多票了。

投票帖子不停在加载，选项变得更多，图片也一点点地增多了起来。突然，电脑黑屏，彻底崩溃。

奚恋嘴角抽了抽，一边重启，一边转过身朝门外大喊一声：“师父，你这电脑怎么回事儿啊！上次直播崩了之后，你不是说升级过了吗，怎么我看个微博就卡死了？”

门外响起路遇生的声音：“多好的电脑都有卡住崩盘的时候，别这么激动。我现在手里有点事，你自己先检查一下。”

奚恋打开电脑，发现弹出了一个错误对话框，用手机在网上搜索了之后，网络上的电脑高手表示，这是C盘里面一个系统文件缺失造成的。

奚恋便按照网络上的教程，点进C盘，一步步查找。只是补充完这个缺失的文件之后，奚恋察觉到，C盘里有一个奇怪的文件夹，显然并非是系统文件。文件夹的题目是一个很简单的大写的“D”，点进去也没有密码。

“这是什么文件夹？”点开之后，奚恋这才发现，原来这个D文件夹里放着的，都是路遇生的比赛视频，大多数都是年代久远，甚至有他刚出道那年的比赛。视频标题整齐，每一个都清清楚楚地标明“××××年×月-××比赛×地点”。

这些比赛资料可是奚恋在网上费尽心思都挖不到的，没想到路遇生藏得这么深。用电脑的人都会知道，电脑C盘是系统盘，东西一般来说是不会存放在里面的，路遇生将这些视频放在C盘，肯定是有些意义的。

奚恋有些小兴奋地打开其中一个视频。视频的清晰度很一般，当时的比赛设施也完全不如现在的华丽，可不论是粉丝们的热情与双方选手之间的火药味，完全不比现在少。

十几岁的路遇生，板着脸一点笑容也没有，是他对外一贯会露出的冰山表情。可少年的脸，也是真的好看，当时比现在还更流行冷酷型的男生。路遇生一出场，就获得了不少现场女孩子的欢呼声，可能她们都并非他的粉丝，但看到他的那张脸，也都一个个忍不住侧着脸窃窃私语一番。路遇生的对手显然是一位经验丰富的成熟选手，看过屏幕上给出的列表里，可以看到他已经拿过多款格斗游戏的冠军。

奚恋刚看了一个开始，立刻就脑补出一场“美少年初出茅庐，将老将斩于马下，技惊四座”的场面。然而一直到结束，镜头给到了输了比赛的路遇生身上，看着他默默坐在椅子上不动的样子，奚恋才确定了，这是一场路遇生惨败的比赛。而且看上去连心态都被对方打崩了，这完全不像是他，或者可以说是所有人印象中的路遇生。

她开始觉得有些不对劲，又点开一个比赛视频看了之后，发现也是路遇生输掉的比赛。奚恋心头一动，突然有了一个想法，一一打开这十几个视频，都将视频的进度条拉到了最后，发现这个文件夹里所有的视频，都是路遇生输掉比赛的视频。

不仅如此，视频里的路遇生不只是输了比赛，还表现出他非常不成熟的一面。比如输了比赛之后，他不和对方握手，闷闷不乐，或者直接摔了自己的器材，还被裁判当场罚了下去。

“很意外吗？”路遇生从门外走了进来，看到奚恋发现了自己珍藏的视频也并没有生气，反而是来到她的身边坐下，脸上带着释怀的笑容，和她一起看。

“一共十八个视频，是你至今为止，输掉的全部比赛？”奚恋望向路遇生。

“对。”路遇生点点头，“是不是在你的心里，我是一个战无不胜，《荣耀拳王》的绝对霸主？无法想象我输了比赛时的样子？”

“有点儿。”奚恋老实地回答，“不过……你那个时候，不是还年轻吗？”

“没有人的路是一帆风顺的。”路遇生打开其中一个视频，“你一定没看这个视频，这是我第一次代表 DM 参加比赛。这是一个很小型的商业比赛，是一家制造游戏手柄的厂商组织的小型比赛，没有很厉害的选手，第一名的奖金只有一万块。钱对于我来说，并没有什么太大的意义，但我想拿到第一。可是我输了，只跌跌撞撞，勉强打赢了第一轮的比赛，第二轮的时候就败了个落花流水。”

路遇生将视频按下暂停：“你猜我最后怎么了？”

奚恋瞪大了双眸，看到输了比赛的路遇生，不知道怎么就想到了自己第一次输掉比赛时的样子，难道……

“哭了？”奚恋试探着问道。

路遇生点点头，也没否认：“毕竟年纪还小，哭反而不是因为懦弱，是因为心高气傲，接受不了自己的失败。那个时候的场馆，我们小选手连休息室都是共用的。我怎么可能在别人的面前哭？就一直憋着这股劲儿，自己一个人偷偷到隔壁的 KTV 开了一个包厢，放着音乐，躲在里面哭。”

路遇生说罢，贴在奚恋的耳畔道：“到现在……除了你，没人知道这件事，你可要给我的黑历史保密。”

奚恋听到路遇生这么说，还是觉得自己无法想象那样的路遇生。从一开始将路遇生当成自己的男神，到后来他成为自己教练，最后成为自己最亲密的恋人，他一直都是高高在上，令她仰慕的。可他原来在最初的时候，也曾经因为输了一场比赛哭过鼻子，真让人难以想象。

“不只是一开始，还有这几场比赛。”路遇生点开那些比赛视频，画面比之前的要清晰一些，“这是我在终于迎来了一次胜利之后，又遭遇到连败的战绩，这是我初入职业圈最低谷的一段时期了。别人说的不败战绩，可能指的是大型比赛，可能指的是我最巅峰的那段时期，但我输过的比赛，我自己心里都清楚。即便是刚刚开始打比赛，可输了就是输了。也没人知道，那段时间我的煎熬和挣扎。那时候的我，其实很需要一场胜利、一次突破来证明自己，给自己信心，可是太难了，要赢一次太难了。”

“但你现在做到了。”奚恋看着路遇生的表情，心脏像被什么猛地揪住。她想到，当时和家人对抗、坚定自己梦想的路遇生，她想到那个被王灿烈捡回去的路遇生，想到一次又一次输了比赛，被众人嘲笑、被家人不理解的路遇生。

外人只看到了他现在的光鲜，他是不可战胜的大神，他至今依旧保持着许多《荣耀拳王》的纪录，却没有多少人知道，他曾经也经历过绝望挫折的时候。而比起路遇生的经历，自己好像更像是温室里的花朵，初出茅庐输几场比赛就觉得很难过了。

“干吗还留着这些？”奚恋好奇地问，“很多人都并不喜欢提起自己输了的比赛，包括我也是……你应该也不会喜欢吧？”

“不知道从什么时候开始，我明白，输了的比赛其实也是你的财富。如果没有这些，就没有现在的我，它们是我走过的路。”

路遇生抬起手，轻轻触碰奚恋的脸：“所以，当初在看到你赢了比赛或是输了比赛时候的样子，我都会想到我自己当年的那种感觉。”

“那……你不会把我的黑历史也都留了下来吧？”奚恋忽然想到什么，警惕地望着他。

路遇生嘴角勾起，露出一个高深莫测的笑，抬起一根手指点点自己的唇尖：“表示一下，我就告诉你。”

“那你就是留了！你太坏了！还妄想我亲你，做梦！吃我一拳！”奚恋直接扑过去。

路遇生伸手接住她，把她报进自己的怀里。

路遇生侧过脸，吻了吻她的脸颊，拉着她的手，按在自己的胸口上：“宝贝，只要是关于你的，我都已经珍藏在这里，你的每一场比赛、每一句言语、每一个表情……”

奚恋被他撩得红了脸，抽回自己的手，抱住他的脖子。

“谢谢你一直陪着我。”

也谢谢老天爷，把你送到了我的身边。